YOUNG AGE小說鮮視界！

YA!

青春滿點！活力滿載！好看滿分！

妖怪公寓

拉斯維加斯外傳

妖怪アパートの幽雅な日常

香月日輪

佐藤三千彦◎圖

蔡君平◎譯

歡迎光臨 妖怪公寓

房客介紹

妖怪公寓（又稱「壽莊」）：

是一棟看起來非常古舊、彷彿隨時會倒的老房子。在這棟房子的結界內，原本看不見的東西會變得比較容易看見，原本摸不到的東西也會因此而摸得到。好幾層次元在此重疊、交錯，也因此，這裡變成了附近所有妖怪的「社區活動中心」！

房東先生：

長得像顆特大號的蛋，矮胖的身體上有一對細小的眼睛。烏黑的身上穿著白色和服、纏著紫色腰帶。而那小得不能再小的可愛雙手上，抓著寫有租金的大帳簿。

【一〇一號房】麻里子：

性感的美女幽靈，有著大大的眼睛、可愛的鼻子，身材好得讓人噴鼻血！但因死了太久，常忘記自己是女人，全身光溜溜地走來走去。

【一〇二號房】一色黎明：

人類。他是詩人兼童話作家，作品風格怪誕，夕士是他的頭號粉絲。他有一張有點痴呆、像小孩的塗鴉般簡單的臉。

【一〇三號房】深瀨明：

人類。他是畫家，養了一隻大狗西格。他常常全身上下裹著皮衣、皮褲，騎重型機車，以打架為消遣……不管怎麼看，實在都像個暴走族。

【二〇二號房】稻葉夕士：

人類，条東商校的學生，將升上三年級。國一時爸媽車禍過世，變成孤兒的他個性也變得很壓抑。原本因貪便宜而住進「妖怪公寓」，結果從此卻愛上了這裡。

【二〇三號房】龍先生：

人類，是莫測高深的靈能力者，妖怪見了就怕。他看起來永遠都是二十四、五歲，身材修長，一頭飄逸長髮束在身後，是個非常有型的謎樣美男子。

【二〇四號房】久賀秋音：

人類，食量奇大無比。她是除靈師，兩三下就能把妖怪清潔溜溜，從鷹之台高中畢業後，要去唸四國的看護學校。會有一位「貓婆」來代替她當夕士的訓練師！

【二〇八號房】佐藤先生：

妖怪，在一家大型化妝品公司工作了二十年，誇口自己在女職員之間人氣No.1！

【二〇九號房】山田先生：

妖怪，負責照料妖怪公寓的庭園，模樣像個圓滾滾的矮小男人。

房客介紹

舊書商：

咖啡色頭髮垂肩，戴圓框眼鏡。身上穿著舊舊的牛仔裝，皮帶頭上扣著銀色釦環，還戴了項鍊和手環，長滿鬍碴的嘴邊叼著菸，感覺就像是古時候的流浪漢。

骨董商人：

「自稱」是人類，身旁跟著五個異常矮小的僕人。輪廓很像西方人，留著短短的八字鬍，左眼戴了一個大眼罩，右眼則是灰色的。給人的感覺相當可疑。

琉璃子：

妖怪，是妖怪公寓裡的害羞天才廚娘，做的料理超～級美味！總是隱身在廚房裡，永遠只看到她忙著做飯的「一截」纖纖玉手。

小圓：

處於靈體物質化狀態。年紀大約才兩歲，眼睛圓滾滾的，長得很可愛，但身世淒涼，令人鼻酸。身旁有一隻也是處於靈體物質化狀態的狗——小白忠心守護著。

長谷泉貴：

從小和夕士是死黨，也是夕士唯一的朋友，他心思細膩，和天真的夕士個性完全相反。以頂尖成績考上升學名校的他，野心是奪走自己老爸位居要職的公司。

翻開魔法之書

使魔介紹

【被封印的魔法之書】《小希洛佐異魂》：

夕士從舊書商那裡得到的魔法書，簡稱「小希」。大小跟字典差不多，黑色皮革封面，只有二十二頁，每頁都畫了一張圖，圖上分別有從一到二十一的羅馬數字，最後一頁則是一張印了「0」的圖。目前只有十四個使魔出場。

【愚者】富爾（0）：

「0之富爾」，是《小希洛佐異魂》的介紹人，非常彬彬有禮。身高才十五公分左右，頭上戴著類似軟呢帽的東西，穿著緊身褲襪，看起來很像中世紀的小丑。

【魔術師】金（I）：

萬能精靈，也就是所謂的「阿拉丁神燈精靈」。是一個身體硬朗的禿頭大叔，穿著也真的像是從阿拉丁神燈裡面出來的精靈一樣。

【女祭司】潔露菲（II）：

風之精靈，出現的時候，四周會颳起一陣風，可是風力不太強。

【皇后】梅洛兒（III）：

水之精靈，會使空盪盪的空間突然閃閃發光，水便開始從亮光之中滴落。只是水量通常不大。

【戰車】希波格里夫（Ⅶ）：

神之戰馬，是黑色的獅鷹，能夠在瞬間奔馳千里。體型比馬大了好幾倍，有著一張像爬蟲類一樣嚇人的臉。

【正義】荷魯斯之眼（Ⅷ）：

看穿惡魔的神之眼。現身時，一顆跟排球差不多大的巨大眼球會出現在空中。它能把看到的東西全都記憶起來，且之後可重新播放看過的記憶，就如同攝影機一樣！

【隱者】寇庫馬（Ⅸ）：

貓頭鷹一族，負責侍奉智慧女神米娜娃，掌握了世界上所有的知識。富爾稱牠「隱居大爺」。牠雖然是智慧的象徵，但是年紀大了記性不好，什麼事情都馬上就忘光光，而且有點痴呆，老是在打瞌睡。

【命運之輪】諾倫（Ⅹ）：

代表斯寇蒂、丹蒂、兀爾德三位命運女神，她們出現時帶著一個大大的黑甕，甕中裝著類似水的液體。而諾倫則是結合三人的力量所進行的法術，如：占卜、透視、模擬巫術等等。

使魔介紹

【力量】哥伊艾瑪斯（XI）：
石造精靈人偶，是一尊羅馬戰士風格的石像，將近三公尺高。不過，它的活動時間只有一分鐘左右，一次使出的力量總和是三公噸。

【吊人】凱特西（XII）：
貓王一族，就是「穿長統靴的貓」。外型是一隻黑貓，大概有中型狗那麼大，還拿著一根菸管。不但很懶散，也是一隻愛騙人的貓。

【死神】塔納托斯（XIII）：
死亡大天使一族，專門侍奉冥界之王。身高像個小孩，穿著黑灰色袍子，拿著一把小鐮刀。在袍子底下看不見臉，裡面是全黑的，感覺很陰森，只不過，預言能力趨近於零。

【節制】西蕾娜（XIV）：
吟唱咒歌的妖鳥，是一個麻雀般大小、人面鳥身的女人，也就是「鳥身女妖」，只有臉是人類的臉，身上覆滿了純白的羽毛，在黑暗之中會發出朦朧的光芒。她的歌聲宛如鳥囀，充滿了不可思議的震撼力。

【惡魔】刻耳柏洛斯（XV）：
地獄的食人狼，現身時，會放出劈哩啪啦的青白色雷電。然而，牠現在還只是一隻非常可愛的「小狗」，再過兩百年才會長大。

【高塔】伊達卡（XVI）：
雷之精靈，現身時，空中會放電。可是，他的力量只有一瞬間，而且電壓也不怎麼高。

【月亮】薩克（XVIII）：
守護月宮的毒蠍子，現身時，會劃過一道青色的閃電。被薩克附身者，將會身體痲痺無法動彈。

【太陽】伊那法特（XIX）：
光之精靈。現身時，極其強烈的光芒瞬間綻放，如同太陽一般的金黃色光芒照亮大地。

【審判】布隆迪斯（XX）：
在最後的審判中喚醒死者的神鳴。連死者都能喚醒的天神喇叭，會造成一股巨大衝擊波「咚哐——」，每次都會把附近的玻璃窗全部震破，但是這對壞人很有嚇阻力量。

「抵達拉斯維加斯啦～～」

這裡是美國內華達州，拉斯維加斯的麥克倫國際機場。在閃爍華麗的Welcome to LAS VEGAS看板下，舊書商正在興奮大叫。

而我的感想是：

「啊啊啊～終於來到『都市』啦……」

我是稻葉夕士。現在，正在環遊世界。

我在國一那年失去了雙親，在親戚家過了一段寄人籬下的生活之後，趁著升高中的機會搬家，住進了各種妖怪橫行，名副其實的「妖怪公寓」。

在妖怪公寓度過的三年光陰，我遇上了這些妖物，以及比妖物更詭異的人類。然而這些邂逅，將我原本狹隘的執拗、常識、知識一一擊碎，進而打造出全新的「我」。

在被稱為妖怪公寓的「壽莊」裡，我遇見了長得像大黑蛋的黑坊主房東先生、只有手的幽靈琉璃子、幽靈寶寶小圓和幽靈狗狗小白、最喜歡人類的妖怪佐藤先生、妖怪托兒所的保母麻里子、山田先生、鈴木先生、華子小姐……還有好多各式各樣的阿飄類夥伴。當然，也有古怪程度不輸妖物的人類住戶：詩人兼成人童話作家的一色黎明、龐克風流浪畫家深瀨明、身形修長又蓄著一頭長髮的美男靈能力者龍先生、大胃王見習除靈師秋音、能穿越時空的骨董商人和舊書商等等。

在這些夥伴的環繞下，我或多或少、或深或淺、時而輕鬆時而嚴肅、時而現實時而魔幻、時而溫和時而痛苦地看見或聽見，各種恐怖又美麗的故事。這些見聞，都成為了我的養分。

普通也好、特別也好。

人的可能性是無窮無盡的。

龍先生這麼說過。

「你的人生還很長，世界也無比寬廣，放輕鬆一點吧！」

這句話，成為我的寶藏。

我一直以為趕快長大出去工作，是我唯一能為父母盡的孝道。然而龍先生和妖怪公寓的各位讓我明白，像我這樣的人，未來一樣有各種發展的可能性。

與《小希洛佐異魂》的邂逅，便是無限可能性的其中之一。

《小希洛佐異魂》裡封印了二十二隻妖魔，是一本貨真價實的魔法書，在莫名的機緣下，我雀屏中選成為這本書的主人。意思就是，我成為了「魔法書使」，也就是操縱魔法書的魔法師。

原本覺得，噢！我竟然也會有這一天……但實際上並沒有那麼誇張，一切規模都滿小的。「小希」裡的妖魔，力量都不怎麼強，而且感覺都是少根筋的傢伙。另一方面，身為魔書使的我，對於修行成為真正的魔法師也興趣缺缺，只接受了最低限度的靈能訓練而已。因為啊，如果我是龍先生的弟子或後進，還會比較想認真拚一下，可是偏偏我的師父卻是操縱魔法書《七賢者之書》的舊書商，他可是個麻煩又糟糕的大人呢。

好啦，總之成為魔法書主人的我，並沒有因此展開一場別開生面的奇幻冒險之旅。我依然像平常一樣，以条東商校學生的身分享受著學校生活。從小學時代就是我死黨的長谷泉貴，也一路支持著我。

當我失去雙親、無依無靠時，長谷沒有丟下我不管，是我唯一的朋友。他不但出身富裕，而且相貌堂堂、冰雪聰明，是個優秀的傢伙。當然，長谷考上了超級明星學校之後，我們不再是同學，然而他仍了解我的一切，包括我所居住的妖怪公寓，並且一直陪在我的身邊。不僅如此，長谷相當喜歡妖怪公寓，三天兩頭就跑來玩，他最喜歡的就是小圓。

聽長谷說，我國中的時候是個臉上寫著「敢靠近我就宰了你」的傢伙，因此除了他以外，我一個朋友都沒有。然而由於長谷和妖怪公寓的關係，我在高中結交了許多朋友。除了田代、櫻庭、垣內三姊妹之外，還有包含上野、桂木、岩崎在內的一票男孩子。高三那年，我還被選為英語會話社的社長，光看我國中時那副德行，是絕對無法想像的。

還有，高二那年秋天，我認識了擔任我們班導的千晶直巳。

他是個很另類的高中老師，而我也和他分享了「小希」的秘密。

我自省著生命中背負「小希」的意義時，千晶說：

「到頭來，我們只能做自己能力所及的事，儘管是擁有特殊能力的你也不例外。因此，儘管有救不了的人，我們能做的，就只有……接受它。」

千晶還說，不可以為了幫助他人而犧牲自己，這樣的話，反而是被幫助的人覺得難堪。

「就算有特殊能力，你的身體和生命的價值，和其他人又有什麼差別呢？絕對沒有值得你犧牲自己的事，若你擅自這樣認為……那只會顯現出你的傲慢。」

千晶的話，讓我想起某天長谷對我說：

「不管發生什麼事，你只要做你自己，好好活下去就好……」

因此當千晶這麼對我說時，我覺得很高興。

由於雙親去世這樣不幸的遭遇，我的內心累積了不安與憤怒的情緒，活在自己的世界裡；由於妖怪公寓那些傢伙的鼓勵，以及長谷的陪伴，他們打開了我的心門，告訴我世界多麼遼闊，讓我知道生命有無限可能，要我放輕鬆。他們對我的付出，真是令我感激不盡。而我因此交了許多好朋友，在千晶等人還有劍崎貨運同事的環繞下，我度過了精采的高中生涯；和原本有心結的親戚之間，也順利化解了尷尬。原本顧不了揮灑青春，滿腦子只想著早點出社會找工作的念頭，現在也有了新的想法。

我想上大學，出社會的事先緩一緩。儘管在現實生活派不上用場，儘管賺不了

錢，我還是想繼續念書，好好激盪自己的頭腦。秋音和千晶都對我說過：「不必急著長大。」因此我也很高興自己能有這樣的想法。終於，我能好好地向前……不對，我學會了停下腳步，好好欣賞路上的風景。

然而接下來，便發生了那件恐怖的事。長谷家裡和本家之間長年不合的原因，在於長谷的爸爸慶二先生、以及他的父親恭造先生之間複雜的關係。而實際上，儘管起因是恭造對慶二先生的執念，但這份執拗卻成為一種「物理現象」，襲擊了長谷的姊姊小汀。

後來龍先生救了我和長谷，事情總算順利解決……

在過程中，我為了救暈過去的長谷，把我的命都豁出去了。

不過，「小希」卻保住了我的性命。

後來「小希」因為用盡了全力，再次進入封印狀態。

而我，則是昏迷了半年。高中畢業典禮和大學入學考，全都泡湯了。

我不但失去了「小希」，還上不了大學。

龍先生對我說：

「你會怎麼背負著自己選擇的命運……其實我一直在觀察哦。」

營救長谷，是我的選擇。無論有什麼後果，我都有義務自己承擔。

我也確實打算承擔一切。

儘管後來讓周遭的人擔心，給大家添了麻煩。

儘管我讓已經得救的長谷過意不去。

儘管，最後我失去了「小希」。

我希望自己承擔的一切，總有一天會得到回報，於是我一直、一直向前走。

「我們不得不持續走下去，抬頭挺胸往前走……雖然不知道通往哪裡，但只要腳踏實地一步一腳印，總有一天抵達約定的地點。」

我以千晶口中那個「約定的地點」為目標，打算繼續勇往直前。

千晶還說：

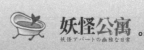

「保持開朗的精神是很重要的，光是如此，你們的生命就會變得耀眼，然後，要對這樣的自己保有自信。」

儘管許多事情都不盡我意，但我仍非一無所得。因為我的胸中，懷著開朗的精神。

而舊書商彷彿看穿了我的心思，他對我說：

「你啊，要不要跟我到全世界旅行？」

儘管他的聲音不大，感覺就快隨風而逝，但這句話聽在我的耳中，卻如「天使吹號」❶般震撼。

❶出自《新約聖經》中的〈啟示錄〉。每當天使吹響號角，必有大災禍降至人間。

目錄

在此稍事
歇息
VEGAS
HOTEL

我把手機、電腦和「小希」放進包包，從日本出發之後，至今已超過三個月。我和舊書商先繞了南美洲一圈，現在進入了北美洲。而來到北美的第一站，就是燈紅酒綠的賭城拉斯維加斯。

其實，只是因為千晶介紹的朋友住在這裡，而我們要暫時過來投靠人家。

麥克倫機場既現代化又富麗堂皇（或者該說閃閃發光），我環視了一圈之後，整個人差點因為鬆了一口氣而跌坐下來。畢竟，至前一天為止的三個月旅程，實在是太辛苦了。

別說出國旅遊了，連飛機都沒搭過的我，竟然一下子就挑戰環遊世界。而且旅途的目的地都是像亞馬遜河、安地斯山脈、蓋亞那地盾之類，不是能夠輕易抵達的地方。當然，畢竟是觀光景點，旅客也不少，但仍和都市裡的觀光景點完全不同，為了抵達目的地，需要耗費相當的時間和勞力。例如在馬丘比丘，就是與海拔高度的抗衡；在亞馬遜，則需要對抗雨林的濕氣與飛蟲……等等，不勝枚舉。而且大部分都是汽車無法到達的地方，反正就是得一直走、一直走，而且是背著行李走！

再說，由於旅遊地點和經費的關係，我們常常無法住到像樣的飯店。因此，我曾經在光憑常識與知識想像不到的地方或環境下過夜。不是床墊凹陷成一個人形印子，就是連床墊都沒有；淋浴間沒有水、廁所裡充滿穢物也是再正常不過；有些地方只要關了燈，就伸手不見五指；或是早上起床，發現有從沒看過的動物出現在房裡……就是……該怎麼說……總之真的很誇張。去露營的話，都比這次旅途的住宿環境好太多了。一方面我也還不習慣旅行，一方面也因為受到各種文化衝擊，旅途還沒告一段落，我就覺得其實一切都無所謂了。

不過，這其實就是舊書商的目的。

要是我能熬過這趟南美洲的旅行，接下來就算會發生什麼，我都有辦法處理了。與其說是旅行，不如說是一次「洗禮」。

舊書商還是老樣子，總是用輕鬆的語氣帶領著我。無論情況有多嚴苛，他依舊泰然自若，有時候其實覺得有點火大……不過，對我而言還是有很大的幫助。他習慣遠行的姿態讓我安心了不少，關於旅行的各種技能，我也學會了很多。而且，不管過程多麼困難，目的地的景色總是讓人覺得一切都值得了。馬丘比丘與納斯卡線的神秘、伊瓜蘇瀑布和亞馬遜河的雄偉、還有烏尤尼鹽沼的美，都是無法用言語傳達的壯麗。而舊書商則是和我共享這一切美好的夥伴。

「不過……我也差不多看夠了，現在只想在軟綿綿的床上好好睡一覺……」我看著亮晶晶的麥克倫機場，打從心裡這麼想。

這時，舊書商拍拍我的肩，說：

「夕士，這段時間你表現得不錯啦。這可是久違的大都會，而且是拉斯維加斯！來玩一把吧！」

看著舊書商滿臉鬍碴的笑容，覺得他真的好強，我都已經累癱，根本沒興致玩了啊。我只想要好好沖個熱水澡，然後在軟綿綿的床上……唉呀，好想吃日本菜喔！拉斯維加斯有日本料理餐廳嗎？

從入境大廳出來之後，便看見有人拿著「稻葉夕士先生」的手卡站在人群中。

「咦……？」

那是一個留著及肩長直髮，還戴著黑色橢圓形墨鏡的男人。一身藍灰色西裝，裡面搭了一件黑色毛衣，然後他的站姿……

「那個人……怎麼長得好像千晶啊？」

這時，舊書商開口了：

「嗨～阿惠兄！」

「阿惠？……啊！」

是千晶的哥哥！原來如此，原來他在拉斯維加斯啊。對啦、對啦，千晶說過「我有認識的人在那裡，有任何需要他都會幫忙的」，原來他所說的人，就是他在拉斯維加斯當職業賭客的哥哥——千晶家的長子，千晶惠。

「歡迎來到拉斯維加斯。舊書商先生、夕士。」

聲音也和千晶好像喔！我突然覺得有點感動，一股懷念的感覺湧上心頭。

「聽說你們在南美洲待了三個月啊？應該很累吧。」

「還好啦，我是習慣了，不過對夕士來說，一切都是新的體驗，所以多少有點疲憊。我們真的可以去打擾嗎～？」

「歡迎歡迎，只有兩位客人，不礙事的。」

惠大哥帶我們進了停車場。

我記得，他比千晶還要大六歲。不過職業賭客？這真的可以算是一種職業嗎？再說他看起來不像賭徒，外型不但不輕浮，也不聒譟吵鬧，感覺是個很沉穩的人，而且他看起來就像千晶一樣時髦有型。

「喔！ＢＭＷ敞篷跑車！帥呆啦～！」

看了惠大哥的車，舊書商大叫起來。開著大紅色的跑車，果然是職業賭客的作風？

「現在冬天，所以沒辦法開車頂兜風就是啦。」

今天是十二月三十日，太平洋時間❷凌晨三點。

明天就是陽曆年的除夕，往年，大夥圍爐吃鍋的時候，就會有生剝鬼出現，接著進行「消災除厄」的儀式。

今年除夕，我會怎麼度過呢？雖然沒有火鍋也沒有生剝鬼，但我想一定也會是一個難忘的過年。

坐上ＢＭＷ敞篷跑車，我們在拉斯維加斯的街道奔馳。

「哇！全是在電視上才看得到的建築物啊！」

我最喜歡的美國電視劇就是以拉斯維加斯為背景，電視螢幕裡的景色現在就在眼前，我忍不住興奮起來。鍍金的曼德勒海灣飯店、金字塔形狀的盧克索酒店，還有長得像玩具般夢幻的紐約紐約賭場飯店！

「夕士，你很期待看夜景吧。」

坐在副駕駛座的舊書商笑著對我說。

對了，還可以看到那個貝拉吉奧飯店超有名的噴泉秀。不過說到拉斯維加斯，還是不能不提霓虹燈光彩奪目的夜景。

在拉斯維加斯大道上，我們在坐擁全世界最大、最豪華的飯店與賭場聞名的路段——賭城大道中奔馳，我因此忘了疲憊，像小學生一樣直往車窗外猛瞧。

我們的紅色跑車沿著拉斯維加斯大道一路北上，約二十分鐘後進入了北拉斯維加斯。這裡就像在史蒂芬史匹柏電影裡看到的一樣，放眼望去都是美國的典型住宅區。有個小庭院的透天厝，旁邊還有間車庫，道路都很寬敞，感覺等會電影或電視劇裡的演員就要從屋裡走出來一樣。

接著車子離開這裡繼續往前開，進入另一個區域。漸漸地，周圍變得綠意盎然，各種兩層、三層樓高的古典風格豪宅映入眼簾。這裡，是高級住宅區嗎？

「喔～阿惠兄，你住在這裡嗎～？賺得不少喔！」

❷縮寫為PT，亦稱太平洋時區。此時區範圍涵括美國、加拿大、墨西哥等國之太平洋沿岸地區。

舊書商佩服地感嘆著。
「還好，託你的福啦。」
這種無意間流露出的高傲，不愧是千晶的大哥呢。
惠大哥的家，是一棟磚造的象牙色大房子。外觀看起來非常時尚，而且所有的窗戶都有窗台，總覺得……比起住家，更給人一種高級餐廳的印象。還有，車庫裡停了兩台看起來很高級的車。
「喔～是凌志！這一台是福斯的……ＰＯＬＯ嗎？好潮啊～」
舊書商也很懂車，應該說，只有我不懂而已吧。我本來就對車子沒什麼興趣就是（因為我覺得，只要一台中古小車夠開就好）。
「阿惠兄，你結婚了嗎？沒結婚？那這三台都是你的嗎？唉唷，你這有錢的傢伙！」
舊書商和惠大哥笑成一團。
說到車，我記得千晶也有兩台車，好像是雪鐵龍吧？
「哇～～～！」
我和舊書商被帶到玄關之後，不約而同地大叫出聲。

入口是挑高的前廳，精緻金屬雕工的階梯，在空中劃出優美的弧線連接到了二樓；牆壁主要是象牙白的鋪板，但也穿插著淡咖啡色的磚牆點綴；地板上鋪裝的是淺褐色的大理石磁磚。整個屋子散發著高級餐廳的氣息。

「游泳池！有游泳池耶！」

我忍不住大叫著。

從入口處的窗戶看出去就是庭院，裡頭有一片草皮，和一個大游泳池。

「這麼問可能有點俗氣，阿惠兄，這裡多大啊？」

舊書商開口問，惠大哥也很乾脆地回答：

「五間臥房、兩間全套衛浴、兩個淋浴間、廚房、餐廳、家庭房，總共三百七十平方公尺……換算成坪數的話……大概一百坪吧？土地則是兩倍大。」

只見舊書商吹了吹口哨。

其實不管是平方公尺或是坪數，我都沒什麼概念❸，不過有五間臥房真的很猛。雖然長谷家也很有錢，也有五間臥房，不過美國這邊房間卻大很多。而且就算

❸日本一般使用的住宅空間以榻榻米張數為單位。

是長谷家，也沒有游泳池。
當我目瞪口呆地看著天花板時，突然聽見熟悉的呼喚聲。
「稻葉！」
我嚇了一跳。
千晶就站在階梯上方。
「千晶？」
只見他的劉海垂在眼前，一身毛衣和長褲的休閒打扮，看起來一副大學生的模樣，但卻是千晶沒錯。而且，政宗大哥就站在他的身後！
「是啊。你看起來精神不錯喔！」
千晶一邊走下樓梯一邊說著，我不由自主地衝向他。
「你才是哩！」
當時千晶因為我陷入昏迷非常擔心，這件事一直在我內心深處揮之不去。我復元之後開始環遊世界，雖然他很支持我的決定，但畢竟沒上大學而且還到處跑，我想他還是很擔心我吧。儘管會透過手機或部落格向他們報平安，但因為用得不習慣，也沒什麼時間，很少更新。看到千晶和長谷他們幾乎天天在我的部落格留下瀏

覽紀錄，就覺得很過意不去。

所以，他才會直接來見我嗎？千晶不客氣地撥亂我的頭髮，說：

「你變結實啦，而且曬黑了，看起來更有男人味……而且，還長得比我高啦！」

千晶剛上任的時候，我還比他矮五公分，高中三年來我一直長高，後來那半年，我的身高終於追過他了。像現在能夠稍微低頭看著千晶，有種很不可思議的感覺，千晶看起來也很高興。

「對喔，你現在放寒假啦，千晶老師～」

舊書商說。

「是的。我今年沒有帶班，不用做升學指導，所以時間比較多。」

喔，對了，千晶今年只教高三的選修課而已。

「我聽阿惠說稻葉你打算來拉斯維加斯，就有點想來找你。正好我也有一週的空檔，就來看你囉。雖然有點趕，還好也順利買到機票了。」

舊書商和千晶握握手，相視而笑。

（咦……？所以說，難道是舊書商故意配合千晶的寒假時間，特地替我安排了這次拉斯維加斯之旅嗎？）

這次旅行的計畫，無論是時間或地點，舊書商都是到最後一刻才告訴我的。我總是拚了老命，才能跟上舊書商的快手快腳。

「好久不見啦，夕士。」

政宗大哥伸出手，和我緊緊地握了幾下。

「政宗大哥，你是來當千晶的保鑣的嗎？」

「一點也沒錯。」

「辛苦你了。」

只見政宗大哥輕笑了一聲。看來，他也一如往常維持零死角的帥。

「好啦，我先帶你們兩位去房間吧。」

往房間移動時，在入口處待命的兩位女傭對我們點頭示意。惠大哥在這麼大的房子裡一個人生活，平時有兩位女傭和一位男園丁協助家務。

「咦？一人一間嗎！好開心啊！」

為我準備的客房位在二樓，有個大落地窗和陽台、暖爐和衣帽間，還有書桌和一張好大的床。到今天為止，住旅館的時候我都是和舊書商睡同一間（如果睡帳篷就會分開），其實也不討厭那樣，不過好久沒有自己住一間房，覺得很開心。

「我的房間也有暖爐耶！超豪華的！」

住隔壁房的舊書商也覺得很高興。

而且，暖爐已經生好火，房間也好好地整理過了，整個房間散發著木頭燃燒的香氣。

順帶一提，千晶的房間就在我們房間的正對面。那是起居空間和臥室分開的套房，千晶和政宗大哥住同一間。千晶他們也是昨天才剛到拉斯維加斯的。

二樓的東半邊，就是供客人活動的空間，客用衛浴也在那裡。

「夕士！你快看啊！是按摩浴缸耶！」

舊書商大叫著。

浴室裡貼著藍色磁磚，大大的圓形按摩浴缸，就緊鄰著落地窗，泡澡時可以看見庭院和遠方的山，簡直就像露天溫泉。浴缸旁邊還有一個玻璃的淋浴間。

「好、好豪華啊……！」

浴缸裡已經放好熱水了。

「要不要現在就泡個澡啊？稻葉，你應該累了吧？」

千晶這麼對我說，我才想起來自己原來已經累到不行。

「呀呼——！阿惠兄，你們真是太周到啦！」

舊書商的情緒high到不行，我也跟著興奮起來。

我們飛也似的跳進大浴缸裡，水柱打在身上的力道恰到好處。透過開著的落地窗，我們一邊望著藍空、綠樹與轉紅的遠山，用香檳向彼此乾杯。儘管我還有半年才成年，不過舊書商已經開始教我品嘗酒的滋味。其實根據旅行目的地的不同，有些場合是沒辦法不喝酒的。十九歲半這樣的年紀，世界上已經沒有人會把你當小孩看待了。

拉斯維加斯的冬天，儘管早晚會冷，但白天還是挺溫暖的，開著窗戶喝香檳，感覺非常舒服，疲勞也逐漸得到舒緩。這幅景象，讓我想起妖怪公寓的洞窟溫泉。冰涼的香檳，滲進了溫熱的身體裡。

「啊～好喝……啊！」

這是我第一次覺得酒很好喝。舊書商笑了出來。

已經過了三個月，還有三個月。

這段時間裡，我得到了許多寶貴的經驗。雖然老是遇到艱困的狀況，不過這絕不是一件壞事，每次遇到的嚴苛苦難，都昇華成為我的養分。

說起來我也滿單純的，第一次覺得酒好喝的這一刻，以及這趟旅途的其他體驗，讓我感覺自己「變成大人了」。雖然這樣想似乎太天真……但我還是很開心。

將手中的香檳舉向拉斯維加斯的萬里晴空，只見一抹金黃如寶石融在杯中一般，比太陽還耀眼。

我滿身暖呼呼地跳進被窩。

「哇～軟綿綿的耶！」

這是張放了四個枕頭的大床，床墊的質料也很高檔，還有，棉被不厚卻是羽絨被，太令人開心啦！

溫暖的房間裡飄著木頭的香味。午後的斜陽，在白色的窗邊灑下金黃色光芒。還可以聽見鳥兒的叫聲。

我看了一眼放在書桌旁髒髒的背包，

（啊……得傳個訊息給長谷才行，要跟他說我到拉斯維加斯了……）

才想到這裡，接下來我的記憶就斷線了。

醒來之後，已經是隔天中午。

「不會吧——！」

幾個大人在客廳放鬆聊天，一邊笑我。

「你啊，不管怎麼叫你怎麼搖晃你，都沒醒過來啊。」

「你大概睡了十八小時吧。」

千晶和惠大哥用相同的嗓音這麼對我說。

我搔了搔後腦勺，這時肚子叫了好大一聲，他們笑得更誇張了。

「大睡一場之後，就肚子餓啦，實在太健康了。」

「年輕真好啊！」

政宗大哥和舊書商一臉佩服地說。唉，真害臊。

「我要送稻葉同學很棒的禮物。」

接著開口的是千晶。

他帶我去了飯廳，只見桌上擺著……

「酸梅！」

「是秋音交給我的，她說她的出生地以產梅子聞名。」

「沒錯，她的親戚也是種梅子的，還有做味噌！」

「這些就是你說的味噌。有一般的味噌，還有……這叫什麼？金山寺味噌嗎？廚娘說要給你吃的，還給了我食譜。」

我高興地跳了起來。

「我來拉斯維加斯之前，問過長谷要不要幫忙帶什麼給你，結果他要我跟公寓那邊聯絡一下。」

「長谷他……」

「他說他沒空來看你，就要我帶這些過來。」

因為我不習慣用手機，而且旅途的艱辛讓我身心俱疲，一直都沒有回訊給長谷。這麼說來，我好像三天沒看手機了，長谷搞不好已經傳了訊息過來，問我「你是不是要去拉斯維加斯啊？」

（謝謝你，長谷。你應該很忙吧？但還這麼掛念著我……）

希望有一天，我們的時間能彼此配合，在世界的某個角落見面。

好想你啊，長谷，真想見到你。

感到鼻酸的此時此刻，我的肚子又叫了好大一聲。千晶大笑起來。

「你啊，晚餐跟早餐都沒吃嘛。」

「對、對啊。」

「好啦，飯也煮好了，來場和食派對吧。」

「太棒啦——！」

我又跳了起來。

在廚房下廚的是政宗大哥，我則是助手。

菜單有：味噌牛肉炒青菜、紫蘇梅和起司片豬肉捲、梅肉高麗菜溫沙拉、梅子醬豆腐、蔬菜棒佐金山寺味噌，還有海帶味噌湯、堆得像小山一樣的南高梅，以及醃小黃瓜。

雖然是邊看著食譜做，但政宗大哥的手藝還是不錯，能做到這樣還滿強的；惠大哥幫忙擺餐具、備酒；舊書商和千晶則坐在一旁，用小孩的眼神看著忙碌的政宗媽媽。

「只要政宗大哥在，你就什麼都不做啦。」

我一邊把菜端上桌，一邊念了一下千晶。只見千晶俏皮地吐了吐舌頭。

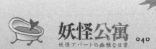

「政宗大哥你啊，也不要太寵千晶……」

話一說出口，我才想到，其實我自己也老是在照顧舊書商。

儘管舊書商決定了目的地與前往的交通方式，不過訂車票機票等、訂飯店、張羅飲食、整理房間和行李、包括洗衣，全都是我負責的。

（有什麼辦法嘛，誰叫那個臭大叔完全不動手。）

他什麼都不做，只會在那裡喊「餓死我啦～」「一堆衣服都沒洗啊」、「那個東西在哪啊？」與其要他自己動手，不如我自己做了還比較快。

「哇！是日本菜啊！日本料理～～～！」

舊書商高興地手舞足蹈。

「開動啦——！」

所有人齊聲喊著。這是最幸福的一刻。

我把南高梅放進像小山一樣高的飯碗，把飯扒進嘴裡。

「嗚……嗯嗯嗯～～～！」

梅子的酸味和白飯的甜味，直衝向我的大腦，這故鄉的滋味，觸動了我身為日本人的心弦！久違的、最好吃的日本料理，讓我感動得直發抖。

「這梅子也太好吃了吧！」

惠大哥大聲說。

「不會太酸，真的很好吃。」

明明喜歡酸味又很怕酸的千晶也吃得很開心。

紀州南高梅，是聞名遐邇的高級梅種，也是和歌山縣的名產。有價格很親民的商品，也有一顆三千日圓起跳的高級品；味道有懷舊的鹹味、薄鹽或鰹魚口味，甚至有用蜂蜜醃漬的甜味商品，種類非常多。而且梅肉厚實，柔軟又綿密，口感相當好。

秋音幫我們挑的是薄鹽酸梅，還有鰹魚口味的酸梅。薄鹽酸梅適合入菜，清爽的鹹味讓人吃多少都不會膩，再加上酸味溫潤，怕酸的人也敢吃。另外，鰹魚口味的酸梅，酸味和鰹魚的味道一拍即合，光是配這款酸梅，就能吃下好幾碗白飯。琉璃子的食譜，是把鰹魚酸梅的果肉搗碎，再加入柴魚片，又是另一種美味的吃法！做成茶泡飯超好吃！也超級下酒的！

「我家也會吃南高梅，不過之前從來不知道這種調理方式。以後我在家也要這樣吃。」

政宗大哥一邊說，一邊吃著紫蘇梅和起司片豬肉捲。看來在神代家，酸梅也是高級食材啊。

「啊～～～幸好我是日本人——！」

滿嘴白飯和味噌牛肉和梅子沙拉的舊書商開心地大叫。

「這就是金山寺味噌啊！」

吃著沾了金山寺味噌的蔬菜棒時，千晶小聲地說。

「好想喝酒……」

「可惜，我沒有日本酒……白酒怎麼樣？」

「我覺得應該很搭喔。」

惠大哥和政宗大哥對彼此點點頭。

「白酒配金山寺味噌，呀呼——！」

舊書商又大叫了起來。

幾個大人用白酒乾杯，我則在一旁死命地扒飯。

（謝謝妳，秋音！謝謝妳，琉璃子！謝謝你，長谷！）

我在心中大喊。

和幾位大人一起共進美味佳餚的幸福時光，讓我想起了妖怪公寓。

聽著他們在用餐時的談話，我的世界彷彿開了好幾扇門。每開一扇門，我的世界又變得更寬廣、更壯闊。

曾有人這麼對我說：

「那都是因為夕士你願意『聆聽』啊。」

我知道，有些小孩不願意聽大人說話，我國中的時候就是如此。在妖怪公寓的時候也是，因為有供餐，才不得不和那些大人一起吃飯；如果那裡沒供餐的話……我大概會自己一個躲在房間吃吧。

我能聽妖怪公寓的大人訴說各種故事，實在是運氣好。而且，也非常感謝他們對我說的，都不只是說教，每個故事都讓我聽得津津有味。他們所訴說的不只是理想，還告訴了我很多現實的殘酷。最後，雖然會變成教育孩子的鐵律，但能讓我願意傾聽的原因，都是因為那是他們的「親身經歷」。「你可別失敗啊！」「因為有過這樣的事，你可要有心理準備啊！」「不過，事情可沒那麼簡單啊！」……除了教誨，還有溫暖的聲援。

「稻葉，睽違三個月的日本料理，覺得如何啊？」

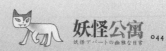

千晶問我。

「嗯，我啊，現在覺得超幸福的！」

舊書商也用力點點頭。從日本帶過來的酸梅、美乃滋、醬油、橙醋，很快就見底了。

「你們在南美洲的時候都吃了什麼啊？快說給我們聽啊！」

「這個嘛，我跟你們說……」

我一開口，千晶、惠大哥、政宗大哥都伸長了脖子。

這次，換我說給大人聽了。

我正在環遊世界的途中
SLOT
CASINO
BLAZING

搗碎鰹魚酸梅的果肉涼拌之後，再做成茶泡飯，結果那些大人吃得好開心。

「這個超讚的！」

千晶儘管被酸味刺激得瞇起眼睛，但完全沒停下筷子。

「這個酸味和鮮味……會上癮的啊。」

政宗大哥一邊說，一邊細細品嘗。

「我有多少年沒再添第二碗飯啦？」

惠大哥則是自嘲地笑了起來。

「日本料理萬歲——！」

舊書商又大叫起來。

我則是滿意地點點頭。

吃完飯，端到我眼前的是咖啡和「巧克力杯子蛋糕」做為飯後甜點。這個蛋糕在美國是非常普遍的點心，我也經常在美國電視劇裡看到。

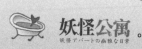

「啊，這個！我在電視上看過！」

我覺得很開心，便大口嗑著蛋糕。美國的巧克力點心，總給人甜到頭痛的印象，但這個蛋糕吃起來卻出人意表地爽口，巧克力奶油花裡的海綿蛋糕蓬鬆易入口，我可以一口氣吃好幾個。

大人喝著白酒配涼拌鰹魚梅，我吃著蛋糕，一整個下午都在聊旅行的事，聊得不亦樂乎。

說到食物，儘管吃了許多美味的東西，但還是難吃或賣相很差的東西聊起來比較有哏，才能讓大家笑開懷。

「像cuy（天竺鼠）或surubi（鯰魚），雖然看起來很噁，但其實很好吃耶！」

「而且cuy還是整隻下去烤喔！我可是第一次看到天竺鼠被開膛破肚的樣子哩！」

我這麼對千晶說之後，只見他誇張地搖搖頭說：

「我絕對沒辦法去那種地方！」

「這傢伙只能在都市裡生存啦。」

惠大哥和政宗大哥，口徑一致地指著千晶說。

「不過，我記得千晶並不會看到蟲或動物就嚇得跳起來啊？」

「是不會跳起來，但我很怕像人的手掌那麼大的蟑螂。」

「南美巨翅蟑螂❹！世界第一大的！」

舊書商一邊說，一邊用手指比了一下大小（南美巨翅～的身體全長有十一公分呢），只見千晶狠狠地甩了甩頭。然而，舊書商卻不肯放過他。

「說到蟲，那個也很猛對吧？夕士。」

「喔～你說毛毛蟲串燒嗎？」

三個大男人同時發出噓聲。

「別說啦～酒都要變難喝了！」

「你這傢伙，該不會吃了吧？」

千晶用非常嫌惡的表情看著我，我則理直氣壯地說：

「我吃啦！什麼事都要體驗看看嘛！」

這種毛毛蟲稱為suri，是南美大象鼻蟲的幼蟲，那是會吃椰子樹葉的害蟲。烤得酥脆金黃、樣子像獨角仙幼蟲的串烤，吃起來……就像起司一樣。

「不要再說啦！這樣我以後怎麼敢吃起司！」

千晶大叫著，我們一群人也爆笑出來。

「這麼年輕就能夠出來看看不一樣的世界，真的是很棒的體驗呢，夕士。」

惠大哥一邊說，一邊點點頭。

「我聽夕士說，千晶老師和政宗大哥在學生時代就玩遍歐洲了。夕士還說你們在拉斯維加斯大撈了一筆啊！」

聽舊書商這麼說，惠大哥則搖了搖頭。

「這幾個傢伙真的只是到處玩而已啦～」

千晶和政宗大哥不置可否地聳了聳肩。

千晶他們（千晶、政宗大哥、史汀雷、比安奇、信、美那子・維納斯）在史汀雷的招待下到美國玩的時候（史汀雷是美國人），當時政宗大哥正好滿二十一歲，於是一行人就決定到拉斯維加斯開賭做為紀念（在拉斯維加斯，二十一歲以下不能賭博），結果政宗大哥拿大家合資的錢玩了拉霸，竟然中了超過三億日圓的大獎。後來千晶他們便用這筆獎金環遊歐洲，據說從摩納哥的社交圈到羅馬市郊的酒店全都玩遍了。

「也只有玩拉霸才有辦法中這麼大的獎，玩俄羅斯輪盤和撲克牌，都不可能這

❹ナンベイオオチャバネゴキブリ，學名為Megaloblatta Longipennis。

樣的。」

職業賭客惠大哥開口說。政宗大哥中的超過三億日圓的大獎，以拉霸機來說還算小額，高額的甚至有超過三十億日圓，驚人的天價。要是中了這麼大的獎，人生都會跟著走樣的。

「你也有機會啊，夕士。」

舊書商這麼對我說。

「可是，我才十九歲耶？」

「啊，對喔！」

「這樣在拉斯維加斯，連賭場都進不了喔！」

惠大哥笑著說。

「不過算了啦，畢竟你已經到南美洲玩一圈啦……」

只見千晶伸出手，阻止笑開懷的舊書商：

「可以不用再說下去了，舊書商先生。」

在利馬和布宜諾斯艾利斯小巷，氣氛詭異的平價酒店裡，我們和當地的大叔一起喝酒賭博。當然，我是未成年飲酒，賭博行為也是非法的，不過這些可不能讓身為教師的千晶知道。不過，儘管語言不通，但我們和那些大叔卻一拍即合，一邊互相敬酒一邊笑鬧，明明我賭輸了，對方還說要把我輸的錢還給我，而且不收我酒錢，最後還一起唱了彼此的國歌……真是美好的夜晚。

「只寫可以公開的內容也無所謂，多更新一下部落格吧。」

聽了千晶的話，我尷尬地搔了搔頭。

「我完全來不及寫新的文章……而且也有一大堆照片還沒上傳。」

「我覺得那個不錯，就是烏尤尼鹽沼的照片啦。」

政宗大哥一邊優雅地喝著咖啡，一邊稱讚著。

「啊，那張喔，我是模特兒喔！是我是我，嘿嘿嘿～」

舊書商像小學生一樣舉手發言。

玻利維亞，烏尤尼鹽沼。

海拔三千七百公尺，總面積一萬兩千平方公里，是一個非常寬廣的鹽湖。一眼望去全是純白的景象，再加上寒冷的氣候，確實會讓人以為自己身在雪地之中。我去那裡的時候，正好是乾季和雨季的轉換時節，由於純白平原裡的整面湖水反射，便能從「天空之鏡」看見第二片澄澈的藍天。此地的早晨、午間、夜晚的美景風光，都美得無法用筆墨形容，而我也好幾度看得目瞪口呆。

而我在這裡拍的照片，有幾張是以舊書商當模特兒拍下的。火紅的夕陽照得天空、大地彷彿燃燒一般，而舊書商則以剪影的方式入鏡，點了菸站在繚繞的煙霧之中。在黑黑的剪影中，頭髮最外緣的部分，他的圓眼鏡上端是唯一閃著金光的地方。整體散發出洗練的美感，又透露著些許孤獨，是一張很棒的照片。

把這張照片放上部落格之後，引起超大的迴響。舊書商也大力稱讚：「好帥喔！」而滿足得要命。

「馬丘比丘的照片也很棒。起了一點霧，感覺好神祕。」

「好想快點看到伊瓜蘇瀑布的照片喔！」

想到竟然有這麼多人期待著我這個外行人的旅行日記，就覺得很害羞，但又很開心。看來在拉斯維加斯這段時間應該可以悠閒一點，我就努力更新部落格吧。

「看來今天之後，你應該又會增加了不少照片跟文章吧。」

千晶對我眨了眨眼。

「我們要去跨年倒數啦，稻葉。」

「對喔，今天是除夕……！」

這是我第一次參加跨年倒數，突然整個人興奮了起來。

「好，差不多該走了。我們得在人變多之前進飯店才行。」

惠大哥站了起來。

「是，我去準備準備！」

而我則趕緊跑上二樓。

拿了包包，還有數位相機、筆記本、錢包和手機……

（日本現在是幾點啊？我還沒發訊息……再說，今天我會有空發嗎？）

我看見手機正閃著「未接來電」的燈光。

打開收件匣，看見長谷的訊息就夾雜在其他訊息裡。我只打開了他的訊息來看。

「我請千晶老師從公寓幫我帶了東西給你，你就用那些消除一下旅行的勞累吧。」

未接來電是兩天前的。而訊息則一如以往，簡單明瞭。

（得跟他道謝才行……不過，我現在沒時間）

我把手機插進口袋之後，便離開了房間。

拉斯維加斯市中心，下午五點。

舊城區已經擠滿了人，警察也很多，街上熙熙攘攘，而且到處都是觀光客。

所謂舊城區，因有著能照亮整條街建築物的「Fremont Street Experience」天幕秀而聞名。太陽下山後，每一小時都有搭配音樂的璀璨燈光秀，跨年倒數也在這裡舉行。

「雖然賭城大道也有跨年倒數，但這裡的比較好玩喔。」

聽說惠大哥的朋友是這裡跨年派對的主辦人，所以我們便來到市區的飯店。

因為我未滿二十一歲，其實是不能進賭場的，不過在拉斯維加斯，幾乎所有的飯店一樓都是賭場，要進飯店的話不得不經過。而且這天人超多，賭場裡面也超級熱鬧，守衛的人根本看不到我。儘管如此，

「夕士，這個給你，戴起來吧～」

惠大哥一邊說，一邊把假鬍子貼在我的鼻子底下。舊書商他們看了，立刻大笑。

「很適合你耶，夕士。」

「不過你本來就長得有點老氣啦！」

生得一張老臉真是抱歉啊，畢竟我日子過得比較苦嘛。

「好啦，雖然說嘴上長鬍子不代表就滿二十一歲了，但相由心生囉。」

惠大哥摘下墨鏡時一邊說，而我則是驚訝地看著他：

「你跟千晶長得一模一樣耶！」

我忍不住指著他們倆叫了起來。儘管相差六歲，但卻像雙胞胎那樣神似。

「我們三兄弟都長得很像，連父母都經常認錯呢。」

惠大哥換了一副顏色較淺的墨鏡。

「連聲音都很像，所以他們兄弟在聊天的時候，我們旁邊的人就像在聽單口相聲。」

政宗大哥說完，便笑了起來。真的，要是惠大哥喊「稻葉」的話，我一定會以為是千晶在叫我，再加上他要是沒戴墨鏡簡直像到不行。

這是我第一次看到正宗的賭場。

聽說平常不會這麼擠，不過畢竟今天比較特別。每個拉霸機、撲克牌桌、俄羅斯輪盤都充滿了人，在震耳欲聾的重低音樂曲中，還有穿著牛仔裝的女舞者搖曳生姿。由於拉霸機和其他各種照明設備，整個場所紅光和藍光交替閃爍，賭客玩得比平時更瘋，每當輪盤小球停下來，或是骰子開出了點數，就有一堆人尖叫咆哮，我也跟著興奮起來。

「哇～賭桌和荷官，都跟我在電視、電影上看到的一樣耶～～～！」

「要不要玩玩看拉霸機？」

舊書商給了我十元美金紙鈔。於是我隨意選了一台機器坐了下來。

「咦？拉霸機不是有桿子的嗎？」

我一開口，惠大哥便笑了。

「你還真老派啊，夕士，現在都是用電腦控制的啦。不過，得拉桿子的機種倒也還有。」

所謂拉霸機，就是拉動操縱桿之後啟動機器裡的滾輪，讓同樣圖案或數字排成一列時按下按鈕（就是要眼明手快，看準時機就能連線中大獎）。原本以為就是這樣玩的，看來我已經落伍了。現在，只要按個鈕就能轉動滾輪了。

「好沒情調喔～」

舊書商嘆了一口氣。

「說到沒情調，現在連硬幣都不用了。所以像以前那樣一下子掉出幾百個二十五分硬幣的光景，早就不復見了。」

惠大哥聳了聳肩。

「咦？是喔！」

「不好玩啦！」

「你們看，像這台拉霸機……」

惠大哥繼續解說。

「有二十五分、五十分和一元美金的按鈕對吧？如果你放了一元紙鈔，再按鈕選擇，機器就會自動調整，視情況運轉四次、兩次，或一次。」

「啊，我懂了，可以選模式就對了。」

投錢的地方，也只能收紙鈔，連投幣孔都沒有。而且，也沒有退幣口，只有一個扁長的細縫。

「那這樣機器要怎麼退幣給我啊？」

「退的是票。」

「票？」

惠大哥實際操作一次給我們看。他把十元紙鈔插進拉霸機。

「投十元之後，選二十五分的模式，再按下按鈕。」

於是我按下二十五分的按鈕。接著滾輪動了起來，又自動停止。原來如此，這就是「全部由電腦操控」的意思啊。

「再來，如果現在不想玩了，就會還你九塊七十五分。按一下『兌幣鈕』吧。」

按下兌幣鈕之後，退款處就跑出一張細長的白紙，上面寫著「$9.75」。

「這個是票，也就是現金券啦。」

「喔，原來如此。」

我和千晶和政宗大哥異口同聲。

「因為是點券，可以直接用來玩拉霸。如果想繼續玩，只要把票放進拉霸機就可以了。」

「原來是這樣玩。」

我盯著那張薄薄的白紙看了一會兒。

「真懷念以前啊，政宗。」

「當時都是現金交易的嘛。」以前，還可以自己看準時機把滾輪按停，因此視力好的人就很吃香。政宗大哥會中三億日圓，和這點應該也有很大的關係。

「現在經濟不景氣，很少聽到『中大獎的鈴聲』，不過以前可是到處響個不停，還可以看到機器一下子吐出一堆硬幣。還是那樣玩起來比較high啊。」千晶說。

為了省下處理硬幣的手續，拉霸機成了電腦操控的票據式。現在，無論退款是二十五分或是三億日圓，都只會得到一張紙片。確實，這樣顯得很沒氣氛。

「不過，我中三億的時候，倒也不是全吐二十五分硬幣給我啦。」政宗大哥笑著說。要是三億日圓獎金全都是二十五分硬幣的話，人都會被活埋的。

「把剩下的錢玩一玩吧。」舊書商催促著，於是我把票放進拉霸機。十元美金，在賭金消長之下，大概可以玩個三十分鐘。我想快點結束，所以選了一元模式，而中獎方式除了最中間那一條以外，上下和斜向連線也同時下注，這樣可以提高中獎機率。其他還有像是「MAX鈕」，可以讓連線數和賭金相乘加權中獎金額等等各種遊戲方式，不過我就沒試了。

我按下第一次按鈕。滾輪轉了起來，停了之後達到斜向連線，我的賭金增加了一點。第二次，完全沒連線，獎金便減少。然後，第三次，就這麼突然地發生了。

「喔……！」

鏘、鏘、鏘的響聲之後，BAR的圖案連線了，是上下兩條還有斜向。

拉霸機裡的顯示金額一口氣衝了上來。

「喔喔！」

千晶他們也叫了起來，不過大獎的鈴聲沒有響，路過的賭客也沒什麼驚訝的反應，一副「就算中了也沒多少錢吧」的樣子。儘管如此，我卻：

「超猛的——！變成兩百五十元美金了！」

我高興地跳了起來，差點叫出聲音，不過舊書商把我從後面架住，堵住了我的嘴。對喔，我是未成年違法賭博，不能太高調。

惠大哥則笑得很奸詐。

「怎麼辦？要繼續玩嗎？」

「不要，我要兌現！」

我立刻回答。千晶和政宗大哥聽了便大笑。

「這樣很好，很有你的作風啊，稻葉。」

於是舊書商去幫我換了錢回來。

「十元美金就還我啦。」

他交給我兩百四十元美金。

「好！謝謝你！」

如果一美金算一百日圓，這些錢大概是兩萬四千多日圓。其實沒多少錢，但第一次賭博贏錢的喜悅才是重點。

我帶著雀躍的心情，往飯店高樓層的派對會場前進。

派對會場已經聚集了好多人。我們計畫在這裡待一陣子，在凌晨零點前三十分鐘就要回到街上。

「阿惠～！」

一位看起來像主辦人的紳士，走過來迎接我們。主人雖然穿得很正式，但與會賓客的服裝倒是形形色色，有穿禮服的，也有穿T恤牛仔褲的。我則是穿了毛衣和牛仔褲。

「謝謝你邀請我們來啊，東尼。你認得直巳吧？」

「直巳～好久不見啦。」

千晶被東尼抱滿懷。在彪形大漢東尼面前，他像個小孩子一樣。

「這幾位是我朋友，政宗、夕士、舊書……」

「我是太郎，山田太郎。」

舊書商如此介紹自己，並和東尼握了手。

對了。

我們離開日本的時候，我才驚覺一件事。

「舊書商的護照上，會是什麼名字呢？是本名嗎？」

於是，我請他借我看一下護照，上面寫著「山田太郎」。

「這一定是假名，對吧？」

我說。

「是假名啊。」

舊書商則爽快地回答，接著說：

「我大概有十本護照吧～♪」

看他裝瘋賣傻的樣子，是不打算告訴我實情了。不過之前秋音就說過：「術師會隱藏本名。」

「歡迎各位，要玩得開心啊。請你們喝這個。」

東尼發給我們的是以比基尼女郎身體部分為模型、長度超過五十公分的杯子，以及寫著HAPPY NEW YEAR的眼鏡或髮箍。戴上之後，我們指著彼此的臉笑了起來。

「哇，開始覺得好high啦。」

戴著「新年髮箍」的舊書商，開心地去拿吃的了。

「放心吧，這裡的東西很好吃。東尼很講究的。」

惠大哥說。

「不只限於美國，其實在觀光景點選餐廳是很辛苦的。我就常聽到從日本到拉斯維加斯來玩的朋友抱怨，說肉很硬，調味很隨便，分量太大，日本料理沒用高湯，最後，甚至索性吃麥當勞。」
「哈哈哈哈。」
「說的沒錯啊。」
千晶和政宗完全同意。
「最令人放心的，還是飯店的自助餐。」
有了惠大哥掛保證，我便和千晶一起去拿餐點。這個派對餐點採自助式，有魚、有肉、有沙拉，還有壽司和中華料理。
「啊，壽司好吃耶！」
這裡的鮭魚握壽司不比在日本吃到的遜色。
「美國的都會區，到處都有日本料理和中華料理。不過比起中菜，好吃的和食餐廳非常非常少。」
「為什麼啊？」
「因為高湯啊。美國人沒有熬高湯的觀念，所以不管是義式料理或法國菜，美國人做的都很難吃。」
在任何地方，中華料理好吃的原因，是因為世界各地都有中國人，本國人做的

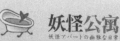

才正統好吃。而日本、義大利、法國料理，則很難找到本國主廚（或是直接由該國廚師傳授的人）親自料理的店，尤其在觀光區更是難上加難。如果只是挑了「看起來像樣」的店，一定不會好吃，「JAPANESE」或「ITALIAN」的部分，其實只有招牌而已。對於千晶的論點，惠大哥也點頭表示贊同。

「不然去飯店一樓的和食或義大利餐廳吃吃看，就知道我在說什麼了。」

千晶打趣地說。

不過，無論是在地球的哪一個角落，只要廚師隨隨便便，那家店就不會有什麼好吃的東西。因為是觀光景點，隨便做也會有客人進來吃，像這樣馬馬虎虎的店，就算是中國菜也很難吃的。就算是在日本，也有一些店會若無其事端出沒熬高湯的味噌湯給客人的。

我請服務生幫我在比基尼杯裡倒入蔓越莓汽水，配著飲料，我吃了大塊牛排和堆成小山的生菜沙拉、鮭魚和鮪魚握壽司、四色炒飯和回鍋肉。甜點有十種小蛋糕，我也是從頭吃到尾。

在迪斯可球的照耀下，閃閃發光的派對會場有樂團現場演奏，大家就著音樂跳舞、笑鬧。隨著時間越來越晚，大家的情緒也越來越高昂。惠大哥和千晶到處和認識的人打招呼，也有好多女生向惠大哥、千晶、政宗大哥邀舞。

「夕士～不要顧著吃啦，去跳個舞啊。」

「可是，這個小蛋糕太好吃了……舊書商，你才應該去跳舞吧。」

「我已經去跳過一輪啦～和棕髮美女凱西妹妹跳的。」

他還秀了右臉頰上的唇印給我看。動作真快啊。

看著千晶他們很會帶舞的樣子，我說：

「可是我又不會跳舞。」

說到跳舞，我只在運動會上跳過土風舞而已。在南美的時候，晚上和大叔大嬸喝酒，會和他們一起唱歌起舞，但那其實算不上是舞蹈。

「不會跳也沒關係，只要搖擺身體就好。快點，去搖兩下再回來！」

「咦？真的假的？」

舊書商的催促下，我被推進舞池中跳舞的人群裡。這時，我和一個金髮的女生對上了眼。她對我甜甜地笑了一下，便湊過來，用肢體語言說著「一起跳舞吧」。

「啊，I don't know how to dance.（我不會跳舞。）」

「That's OK. Don't worry about it.（沒關係，別擔心。）」

金髮女孩喬伊斯，便拉起我的雙手開始帶舞。

迪斯可球的光芒，把人們照得閃閃發亮。大家對於即將到來的跨年倒數都興奮不已，只見會場熱氣蒸騰，彷彿還能聽見大家心中吶喊著「我要痛快地大玩一場」！

最近，日本也越來越多跨年倒數的活動，不過日本人的傳統，其實是安安靜靜地迎接新年。在妖怪公寓，從除夕開始就有宴會不斷，也不能說是安靜地過，但並不會倒數。頂多在電視上看見已經過了午夜零點，互道「新年快樂」之後，繼續開趴。

千晶他們看著我笑了起來，舊書商則給了我一隻大拇指。

（拜託，哪有那麼好啊！為了不要踩到她的腳，我可是拚了命在注意耶！）

拉斯維加斯和日本的時差，是幾小時啊？

妖怪公寓的大家在做什麼呢？長谷是不是也過去了？

儘管這一年的除夕，有個金髮美女牽著我的手跳舞，體驗著正統的美式新年，但我還是滿腦子想著妖怪公寓。

萬歲！
拉斯維加斯！

晚上十一點半，大家都來到飯店前的道路上。

這裡已經比我們來的時候更多人，聲光效果也更光彩奪目。舊城區繽紛的霓虹燈，照亮了各種奇裝異服角色扮演的人、戴著新年裝飾髮箍和眼鏡的人、當地人、觀光客，也包括了警察。只要看到攝影機在拍，大家都笑著揮手示意。

晚上十一點四十五分，市長出現在道路中央架設的舞台上。

「各位！準備好倒數了嗎——！」

市長登高一呼，大家也尖叫回應：「Yeah——！」新年商品中有一項是哨子，接著便聽見哨聲四起。

這時，音樂從搖滾樂變成了沉穩浪漫的情歌。舊城區的電視牆上，也開始播放美國今年一整年的影像。令人印象深刻的事件或意外、體育新聞、政治人物的發言、自然景觀，周遭的人也隨著影片而感嘆或鼓掌。

接下來，音樂又再次轉為搖滾樂，看來要準備倒數了，尖叫聲傳進我的耳中。接下來電視牆顯示出時鐘的影像，距離新年，還有四十五秒。

「來啦——！」

舊書商用不亞於周遭的尖叫和音樂聲的音量大叫著。

我看著一旁的千晶。千晶用比我稍低的視線看著我，也笑了起來，接著大喊：

「偶爾像這樣跨年也不錯吧——！雖然我也比較喜歡安靜迎接新年啦——！」

「哈哈哈哈！」

我也搭著千晶的肩膀笑著。

雖然懷念妖怪公寓的新年，但要是不享受現在，就太吃虧了，畢竟都專程跑一趟過來了嘛。

「……8、7、6、5……」

我也和大家一起喊。

「……3、2、1……」

「Happy New Year——!」

歡呼聲、哨聲，還有，充滿電視牆螢幕的煙火畫面。煙火的聲響、音樂聲、璀璨的燈光如潮水湧至。

「超美的——！」

「新年快樂！」

「新年快樂！」

我們向彼此道賀。
完全沒想過自己有一天會在拉斯維加斯迎接新年，也向自己說聲新年快樂！
「夕士！」
喬伊斯就在離我不遠的地方。
「喬伊……」
突然間，她用力地架住我的頭，在我的兩頰各親了一下。
「Happy New Year!!」
「Ha……Happy New Year!」
「夕士！Happy New Year!」
接下來，舊書商抱住我，也親了我一下。
「鬍子太刺了啦！」
「千晶老師，Happy New Year!」
舊書商一邊說，一邊打算抱住千晶，而我阻止了他。
其實舊書商的情緒會這麼high也不奇怪，畢竟周遭的人都玩瘋了。在煙火的光芒與音樂的漩渦中，每個人都在跳舞、擁抱、笑鬧著。賭城大道也有跨年倒數，聽說是在整條路上每間飯店的頂樓施放高空煙火。這個過年，真的好美國、好拉斯維加斯。總之，先來盡情拍照吧。

一路上，有些女生跑來親我，有些人和我擊掌，有些人在拍照做紀念。我們就這樣穿過情緒高漲的人群，回飯店的這條路，就走了三十～四十分鐘。

「路上大塞車，暫時回不了家了。」

惠大哥說完，便帶我們來到飯店最高樓層的套房。原來是東尼主辦的跨年派對，移到這間套房續攤。

這間套房，又隔了幾個小房間，也有好幾套沙發，是能讓人好好放鬆的地方。音樂的音量偏小，這讓我覺得舒服多了，畢竟在各種聲音夾雜的環境下待久了，我的耳朵都痛了。桌上還備有簡單的餐點和香檳。

「呼～～～」

我整個人陷進沙發，因為終於能安靜下來而大嘆了一口氣。

「覺得如何啊？第一次來到拉斯維加斯鬧區的感覺？」

千晶問我。

「我覺得，真不愧是拉斯維加斯啊。無論是規模大小，還有炒熱氣氛的方式都太豪氣了。日本應該也有跨年派對，但一定不會比這裡的人high，或許是民族性不同吧～」

「應該是。」

「不過，很好玩。可以看見最正統的大場面，這是我三個月旅行下來覺得最珍貴的。」

聽我這麼說，千晶似乎很開心，只見他臉上浮現出溫柔的笑容。

「這麼說，你在北美，也得多多去體驗一下正統的大場面囉。」

千晶說完，便叫住東尼：

「東尼，可以幫我弄幾張太陽劇團的票嗎？我想要『O』的票，要好一點的位子喔。」

千晶總是用輕鬆的口吻請人幫忙。東尼則回應：

「不是『KÀ』，是『O』對嗎？OK，交給我吧。」

太陽劇團？不就是那個超有名的表演團體，票還超級難買的嗎？結果這兩個人講得這麼輕描淡寫……這就是豪門嗎？

「太陽劇團的『O』……」

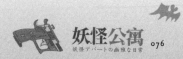

千晶點點頭。

「雖然他們的表演世界各地都看得到，但在拉斯維加斯這裡的表演還是最厲害的。在秀場聖地觀賞最正統的表演，這不是很棒嗎？稻葉。在拉斯維加斯，世界第一的秀就是這個了。你可以盡量多看看，還有魔術秀、脫衣秀那些，啊，你不能進去吧。」

我們相視而笑。正統的脫衣秀……還真想看看呢。

「還有，要去大峽谷喔。」

「啊，對喔，很近嘛。」

說到拉斯維加斯的觀光行程，絕不能少了大峽谷。

「從拉斯維加斯只要兩小時就到得了。夏天的話，可以花個時間，順著科羅拉多河沿岸來個露營之旅，那應該也滿適合你的。不過，這就下次再嘗試吧，這幾天你就先看看風景。」

「嗯……！」

我點點頭，一旁的舊書商伸手把我的頭髮撥亂。

「夕士同學，你幹嘛含情脈脈地看著千晶老師啊！」

「才沒有哩！我只是在想，要是舊書商你也能這麼溫柔又明確地告訴我，接下來要去哪裡的話該有多好啊！」

舊書商搖搖頭說：

「畢竟我的信條是：『旅行總是充滿推理劇和懸疑劇』呀！」

「推理劇我可以理解，但為什麼是懸疑劇啊！」

等待塞車趨緩這段時間，我們就在飯店聊天，直到凌晨五點。

「咦？千晶你是搭頭等艙來的？」

我驚訝不已，不過千晶卻一副「你在說什麼傻話？」的表情。

「那還用說嗎？」

「那還用說……」

「從日本到舊金山轉機為止，至少要搭八小時，這種飛行距離我可不想搭經濟艙。」

千晶誇張地聳聳肩膀。這個紈袴子弟。

「頭等艙有什麼厲害的啊？」

舊書商興致勃勃地追問著。看來即使是全世界趴趴走的他，也沒搭過頭等艙。

政宗大哥回答：

「每家航空公司都不太一樣，我們這次搭的飛機，座位是像包廂那樣有隔間的，而且每個座位都有一位專屬的空服員。睡覺的時候，座椅可以完全平躺，當然，空服員會來幫忙鋪床。他們還準備了睡衣和針織外套，廁所裡有更衣板，在那裡換就可以了。」

「喔～……」

還有，用餐時的容器全是玻璃或陶瓷，餐點則有：開胃菜、前菜、沙拉、主餐、甜點，都會分別端上桌。話說回來，頭等艙可以享受到的，從接待櫃檯開始的各種設備都與經濟艙大不相同。等待登機的時候，可以進入「貴賓室」，裡頭有沙發，餐點從零食到主餐全都吃到飽、酒也是喝到飽，還附淋浴間……不愧是單趟就超過一百萬日圓的豪華待遇。

儘管如此，座椅能完全平躺真是令人羨慕啊，和搭經濟艙的疲勞程度完全不同吧。不過，要是搭了頭等艙，應該不會覺得疲勞了吧。

「好羨慕喔……我也好想搭搭看啊～頭等艙。可以嗎？搭一次就好。」

舊書商說。

「……駁回！」

我回答。畢竟買機票的人是我。

頭等艙是給那些有錢人坐的。我們只能搭經濟艙，頂多搭商務艙吧（就算是商務艙，價錢也將近經濟艙的兩倍）。

後來，說到我在南美洲體驗射擊打靶的事情。

「喔？你去打靶啦？好玩嗎？」

千晶、政宗大哥、惠大哥他們幾個大人，在年輕的時候都體驗過打靶了。

「比想像中還累啊。」

我一說完，幾位大人便笑了起來。

在条東商校就讀高三那年，發生了寶石強盜事件。

那個時候，我生平第一次拿起手槍。幸虧當時我不必開槍，被捲入事件的千晶和田代三姊妹也沒中槍。不過，被人用槍指著的恐懼和緊張，到現在我都忘不了。

但是，我並沒有因此害怕看到手槍。

當舊書商問我：

「可以練習打靶射擊耶，夕士，要不要打打看？」

那個時候，我便決定好好面對。

我們在布宜諾斯艾利斯，舊書商朋友家的estancia（牧場）裡，在距離十公尺遠的木箱上放了幾個瓶子，以那些為目標，用各種槍體驗射擊。

「畢竟我還是小孩子，原本以為他們會給我比較小的槍，就是開槍會『砰！』一聲……差不多口徑五點五六公厘那種的吧？」

可是，當我接過牧場主人笑著遞給我的槍之後，一開槍竟然「轟！」的一聲，而且後座力很強，感覺我的身體肌肉都震動了。

那把槍是口徑九公厘的西格&紹爾（SIG SAUER），是德國製的手槍。口徑九公厘，根本是警用手槍的規格啊！而且九釐米彈匣的裝彈數有十五發，全部打完之後，終於鬆了一口氣，整個人都累了。可是，牧場主人卻用開朗輕快的語氣說：

「One more!（再來一次！）」

接著替我換了新的彈匣。

「因為是真槍實彈，扣扳機的時候超緊張的，好怕打中不該打的地方。手汗流個不停，手滑得害我連槍都拿不穩，嚇死人了。」

試完了手槍，接著我拿到了一把來福槍，是美軍使用的M４突擊輕便步槍（可以切換單發或連發的款式）。

撐著槍的肩膀，從瞄準鏡瞄準時抵著槍的下巴，又一次受到很大的衝擊。尤其是下巴受到的撞擊，差點讓我的口腔內側受傷了。由於是雷射瞄準，連我這種外行人都可以輕易打中目標，覺得非常恐怖。

「那個時候我心裡想，有了這把槍，我也能殺人了吧。就是這個念頭讓我覺得很可怕。」

我這麼一說，幾位大人便一起點頭表示贊同。

「然後啊，調成連發模式的時候，一扣扳機就『答答答答答！』一堆子彈射出來，害我忍不住尖叫起來。」

「哈哈哈哈。」

偌大的牧場裡，槍聲大作。鳥兒都從附近的樹木飛出來，逃得遠遠地。

看著粉身碎骨的瓶子，感受著身體裡殘存的衝擊，握緊滿是手汗的拳頭，我有了一個想法。

「我啊……不知道這樣想對不對……」

我試著說出內心的想法。

「很想讓日本那些年輕人也體驗看看，大概是高中生之類的……」

千晶把身子向前傾，說：

「你的想法聽起來很有意思。為什麼呢？」

「當然，在日本的社會是不需要槍枝的。可是，了解『武器的力量』或許不是一件壞事。」

體驗過真槍實彈的射擊之後，我覺得很可怕。

我真真切切地感覺到，這是可以奪人性命的東西。

無論用手槍開了幾十槍，或是用來福槍幾十次連發，我一點也不覺得爽快。

然而，槍枝所代表的「武器」，卻是真實存在日本，以及這個世界的。

有人靠這個維持生計。

有人靠這個防身。

我無法一味地說「絕對不可以」、「堅決反對」。

實際體驗過開槍射擊之後，我的想法是：

幸好日本的一般社會生活中不需要槍枝。
至少，我完全搞不定這個東西。
「體驗過武器的威力而得出的結論，很有深度喔。」
政宗大哥靜靜地說。
「當然啦，一定會有些傢伙覺得武器超帥，不過大多數的年輕人應該會和我有一樣的想法，覺得無法接受武器。在這樣的情況下反對武器，和什麼都不懂而跟風反對的意見，一定是有所差異的。」
「說的對。」
千晶也點點頭。我則是差點說出：
「就像你和青木老師之間的差異……」
話到嘴邊，硬是吞了回去。
那個老師現在怎麼樣了呢？聽說今年她擔任高一的副班導。她是不是還是那樣講一些假惺惺的話，引起我這種人的反感呢（稻葉同學因為沒有父母，不健全的環境讓他的物質和心靈生活都有所缺乏，大家要好好對待他喔——那些超白目的話，我可是一輩子都不會忘記的）？

元旦，五點半。我們終於回到惠大哥的家，得以入眠。

睡前，我傳了簡訊給長谷。

「拉斯維加斯也過年了。Happy New Year！酸梅超級好吃，謝謝你。今年也多指教。」

我在中午前起床之後，發現幾位大人都還在睡。

由於女傭姊姊問我：「需要用午餐嗎？」就請她替我準備了。火腿起司生菜三明治、花生奶油三明治。堆得像小山的炸薯條。一壺咖啡。

「花生奶油三明治，感覺就好美式作風喔。」

把三明治和薯條塞得滿嘴的我，拚命地讀著報紙（因為是英文的）。

過了中午，幾個大人才三三兩兩地起床，然後懶洋洋地就到了晚上。長途跋涉的疲勞還未完全散去，我索性在按摩浴缸舒舒服服泡個澡，早早躺進被窩。才以為拉斯維加斯的新年也挺平靜的……然而事情卻沒那麼單純。

隔天，一月二日。

早上十點左右起床，家裡就已經鬧哄哄的。下了階梯走到一樓之後，一大堆看起來像廠商的人開始搬貨。有好多氣球，還有紅色、綠色、金色、銀色的彩帶。大量的酒類和食物，還有女性工作人員負責把食物擺盤配置。游泳池畔也有好幾個工作人員在換水，而惠大哥看起來則在一旁監督。

「喔，早啊，夕士。」

政宗大哥在客廳的角落看報紙。

「政宗大哥，這是怎麼回事啊？啊，早安。」

「聽說惠大哥要辦新年派對。」

「在這裡辦？」

在歐美國家，似乎很常舉辦這樣的家庭派對，不過……

「以家庭派對來說，這規模不會太大嗎？」

從搬運貨物人員的數量看來，可以想見派對的大規模。而政宗大哥則竊笑著說：

「像阿惠這種等級的有錢人，辦的派對等級也完全不同，這就是美國的做法。

中午過後你再來看派對的樣子，一定會嚇得嘴巴闔不起來。」

「喔……？」

結果，事情就像政宗大哥笑著對我說的話那樣。

到了下午，惠大哥主辦的New Year Home Party已經超越日本人「轟趴」的概念，變得超級誇張。

首先，家裡四處都裝飾了緞帶，還有幾十個氣球飄在空中（有點礙手礙腳），然後每一個桌子都擺了輕食和酒，客人可以在喜歡的地方放鬆聊天。到這裡為止還算可以接受。

令人驚訝的是，游泳池旁架了一個舞台，上面還有樂團的現場演奏。雖然會稍事休息，不過他們演奏著搖滾樂和情歌，一直到晚上。當然，阿惠哥的朋友……不會是一般外行人，而是專門在派對演出的職業樂手。

最後，更令人跌破眼鏡的是……

「H～i♪」

是一邊打招呼一邊現身的比基尼泳裝美女，大約二十人。

原本還以為是派對的賓客，沒想到，竟然是派對專用的「派遣美女」。她們和五彩繽紛的海灘球，一起跳進溫水游泳池裡。賓客可以看著她們在水中嬉戲的姿態，也可以進入泳池和她們同樂。

在樂團演奏的搖滾樂聲中，寒冬的游泳池裡，美女在玩海灘球。要是與她們對上了眼，還會給你一個飛吻，招手要你一起玩水……

「這是，什麼狀況……這是家庭派對嗎？」

就像政宗大哥說的一樣，我看得下巴差點掉下來。

「這個啊，就叫做酒池肉林吧！」

舊書商興奮地叫了起來。

「真不愧是美國豪門的派對果然不一樣啊，我的天啊。」

賓客接二連三地到達，而大家一點也不大驚小怪，輕鬆地享受著派對。很快地，就有人跳進充滿美女的泳池裡了。

「這次因為你在，才選用這種比較保守的模式喔，稻葉。」

在我驚訝地合不攏嘴時，千晶來到我身邊。

「這樣嗎？真的假的？」

單身的惠大哥主辦的家庭派對，通常都比較瘋狂或帶有性暗示的。例如像是參加派對的所有人都要穿上泳裝，選定對象之後用身體當成「食器」，把食物放在身上互吃的「sploshing party（鹹濕派對）」，這種比較情色一點（不過實際上不會做越界的事）的派對；還有「想當動物」的人，可以用cosplay的方式扮成狗啊、貓啊、狼或是豹，然後會有人把他和伴侶鎖在一起，而在派對進行過程當中，需要一直以動物姿態示人的「possession party（占有派對）」等等……對身為日本人的我來說，不得不大叫「什麼東西啊」！

「這就是文化差異嗎……？」

關於文化差異，在南美洲我也經歷過好幾次，每次都覺得相當震驚。雖然不能這樣比，但對我而言，串烤毛毛蟲倒還勉強接受，二十個派遣美女的派對就覺得太誇張，更別提什麼鹹濕或占有派對了。

「哈、哈、哈、哈！」

「哈哈哈哈哈哈！」

因為他們兩個笑得太誇張，害我慌了起來。

「什麼？怎樣？我說了什麼好笑的話嗎？我很怪嗎？」

「不……沒事……沒事啦，稻葉。你不會很怪。」

笑到流淚的千晶頻頻揮手否認。他和舊書商互相撐著彼此的身體繼續笑著。

我知道，他們在笑我很像小孩子。反正對我這種人來說，什麼美女啊、情色啊、瘋狂的事情都離我很遙遠，反觀長谷就不一樣了（長谷一定懂這些事情）。

「像小孩並不是一件壞事。」

千晶搭著我的肩說：

「不管是怎樣的小孩，總有一天變成大人，重點在於，要好好地長大成人。可是呢，偏偏有一堆人只長了年紀，心智卻不成熟。不過你是不會那樣的。」

看著那些隨著現場演奏的搖滾樂起舞、邊和比基尼美女嬉鬧的賓客，千晶說了這些話。

「你只需要知道，原來還有這樣的世界存在……這樣就足夠了。雖然你會說你不接受這些東西，但是你不會說『鹹濕派對好下流，絕對不行！』或是『會去占有派對都是頭腦壞掉的變態』，對吧？」

「當然不會啦，我可不是什麼老古板。我和某位A老師不一樣的。」

「最後那句話就是多講的了。」

千晶輕輕敲了我的頭一下。

「那就好，就算不能理解，也不去否定，這是很重要的。畢竟在這個世界上，不能理解的事情多如牛毛啊。」

我點點頭。

左擁右抱比基尼泳裝美女、春風滿面的舊書商則是：

「這就是天堂啊～～～！」

只見他開心地大叫。

雖然我有點害羞所以沒過去玩，但我想把舊書商的樣子用相機拍下來。

「我得為了部落格文章收集些資料！」

我索性跑去拿相機，千晶也笑著目送我離開。

於是，我拍下了那些比基尼美女、樂隊演奏，還有賓客狂歡的模樣，也和好多人聊了天。和比基尼美女們聊了派遣的事、聽樂團成員講了業界的事、賓客們則說了關於派對的事情，總之聽到許多有趣的故事。

有人從事著派遣工作，心裡懷抱著成為女演員的夢想。還有人曾經放棄音樂之路，卻因為這樣的派對或夜店的現場演奏而重燃希望。

「我以前啊，總以為自己是藝人，覺得要是沒有成名，做音樂就沒意義了。後來演藝之路走得不順遂，離開音樂的道路之後……才第一次感覺，自己是真的好想做音樂、好想做音樂！」

體型纖細、年約四十多歲的吉他手，看起來曾經酗酒或嗑藥的樣子。他充滿鬍碴的臉上帶著笑容，對我說了這些。

「現在，我和這幾個樂團夥伴都會在小間的夜店演出。有時候會被找來這樣的派對表演，出差的收入不錯，對我們來說幫助很大。阿惠經常找我們演出，我很感謝他。」

夢想的小小燈火，雖然微弱，但每天都點亮著，也成為人們生活的動力。燈火雖小，但夢想確實能夠支撐著我們的生命。

「所以啦，我現在就算遇到有點討厭的客人，也都可以忍耐。總有一天，我一定要成為女演員！」

比基尼美女這麼說。

「儘管我沒有成名，但我找到自己真的想做的事了。所以，我現在很Happy！」

吉他手這麼說。

「保重身體，加油啊。」

我伸出手，而他用「包在我身上」的燦爛笑臉，也伸出手回握。看著這些人，不禁想：

「我真正想做的事，究竟是什麼呢？」

但我不著急。欲速則不達，絕對是這樣。我一直一直這麼告訴自己。

現在，我有非完成不可的事情，就是跟著舊書商一起環遊世界。我要多看、多聽、多體驗各種事物，我相信我一定能從中尋找到屬於自己的道路。

「畢竟不這樣想的話，也受不了啦。」

我想起在南美的超艱困旅行，不禁苦笑起來。

體驗秀場聖地的魅力

我和千晶還有政宗大哥三個人，一起去看了太陽劇團的表演。

要我簡單說的話，太陽劇團呢，就是「有故事性的中國雜技團」。他們像體操選手那樣，將在地板或空中轉來轉去的高超技巧，用藝術的方式呈現給觀眾。他們在賭城的秀有「O」和「KÀ」兩種，而「O」的藝術評價又高了一些。

東尼替我們買的票，是劇場偏後、正中央的座位。他居然輕易地就拿到這麼好的位子，到底是怎樣的豪門啊？再說，他的朋友惠大哥和千晶又是……？

在統一深紅色調的劇場內，觀眾非常多，完全客滿。而我就坐在其中一個座位裡，等待開演。

這是我第一次看這麼正式的表演，覺得有點緊張。我愛看電影，也經常去電影院，但對舞台劇沒什麼興趣所以從沒看過，更別提是這種大型表演。畢竟，我沒有錢嘛。

（長谷應該經常看這種表演培養品味吧。）

我心想。

只有一次，長谷邀請我去看魔術秀，那好像是世界首屈一指的魔術師大衛・考柏菲來日本的時候。但我拒絕他了，因為票太貴。雖然他應該打算請我，但我不好意思……該怎麼說呢……

（如果當時……跟他一起去看就好了……好想……和長谷一起看表演。）

我看著蓋住舞台的紅色布簾，心情有點複雜。

（太陽劇團到日本表演的時候，長谷應該去看過了。來和他聊聊感想吧，我要打給他，跟他說我也看了……）

「你們兩個，不用上廁所吧？表演快開始囉。」

政宗大哥像媽媽一樣的貼心叮嚀，接著，舞台便拉開序幕，「O」開始了。

「就是呢……我看不太懂。」

聽了我的感想，電話那一頭的長谷大笑起來。

「千晶已經笑過我了啦。」

拉斯維加斯的深夜，是日本的傍晚。長谷正好工作忙到一半。大學放假，但他老爸還是派一堆事情給他。

「總覺得啊，好像在看抽象畫。我知道那是很藝術的東西，但這好像也是要看個人喜好吧～」

「抽象畫啊，你形容得很好啊，稻葉。」

「我還以為他們會更活潑地跳來跳去、轉來轉去，所以，覺得有點失望吧？」

「我也這麼覺得。」

「對吧？對吧！」

我們大概聊了三十分鐘。好久沒和長谷聊天了，雖然沒講什麼特別的，但覺得身體湧現了一股能量。

「現在，拉斯維加斯有大衛‧考柏菲的魔術秀耶。很久以前……你約我去看過吧？長谷。」

「……喔，對啊。」

「那時候……其實我很想去。」

「嗯，我知道。」

「嗯……抱歉。」

「幹嘛道歉？你又沒做錯什麼。」

「嗯。我會去看魔術秀的。」

「喔，對啊，秀場聖地的表演，一定比在日本的內容讚多了。好好享受啊。」

「我看完再打給你。」

「等你電話。」

「嗯。工作加油囉。」

「好。」

手機的燈闔滅之後，整個房間一片漆黑，過了一會兒，窗外透進來的光，才讓房間稍微亮了一點。拉開窗簾站在窗邊，星空閃爍地竟有些刺眼。

我的身旁一直有個最挺我的死黨，到現在也沒改變。

雖然我們現在離得很遠，但只要一通電話就可以把我們的心緊緊連在一起。你總是陪著我，讓我的心有所依靠。

還有，妖怪公寓的大家也是。我久違地寄了一封email給一色先生，告訴他我到了拉斯維加斯報個平安，還提了秋音送的禮物道了謝，也寫了跨年倒數的事情，結果不只一色先生和畫家，連琉璃子都回覆了。一色先生說：「看你過得不錯我就放心了。」畫家則說「快更新部落格」，而琉璃子則是給了我簡易的美味料理食譜。

我不由得想快點回到妖怪公寓。可是，不行不行，旅行才剛開始呢。現在可不是想家的時候啊。我搖搖頭。

我把長谷帶給我的能量存進體內，感覺自己整個人都閃著光芒。

我有故鄉可以回去。

不過，我這是在感嘆什麼啊？

順帶一提，我們在看「O」的時候，舊書商和惠大哥去看了脫衣秀，舊書商因此開心得不得了。

我也和千晶、政宗大哥去了大峽谷。

因為是回國的前一天，又請東尼幫我們準備票券，後來我們參加了看大峽谷夕陽的觀光團。

從拉斯維加斯到大峽谷機場，搭小飛機大約一小時。冬季期間，這條航線可能會因為降雪而停飛（飛機不飛的話也可以搭巴士），這天卻是晴空萬里，於是我們很順利地來到大峽谷國家公園。抵達之後，就是觀光巴士的景點導覽。

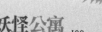

聽說大峽谷最美的時候，就是日出後三小時以及日落前的三小時，而我們這次便能觀賞到日落三小時前的雄偉景觀。

一望無際的重重岩山，一路延伸到遙遠的地平線。夕陽斜斜照下，一座座岩山都有了一道道陰影，夕陽照射到的地方一片火紅，在火紅的背景當中，或深或淺的陰影立體地浮現出來。這幅大自然的巨作，令我望之屏息。

「好美……」

除了這句話，我一個字也說不出來。

在南美洲的時候，我也有好幾次因為眼前的自然景觀而目瞪口呆。那絕對不是人力能完成的偉大景致，因此我可以了解為何原住民會覺得自己在那裡看見了「神」。

（畢竟，這怎麼看都是神的作為啊……）

整體規模既壯闊又細膩，令人覺得非常神奇。我有一種想法，會這樣想並不是因為我知道妖怪公寓裡妖靈和神靈存在，也不是因為我是半調子的魔道士，和這些靈異體驗毫無關聯，只是單純覺得「一定有什麼神秘的力量創造了這一切」，並且肅然起敬甚至畏懼萌生。

看著眼前夕陽刻劃出的壯麗風景，觀光客也不禁讚嘆起來。我和千晶和政宗大哥，如同夕陽染紅了全身，我們的心，完全陶醉在只有這裡才看得見的美好之中。

「我啊……曾經這樣想了好幾次。」

我對站在一旁的千晶小聲地說。

「當我呆站著看眼前雄偉的自然景觀時……就會這樣想，就覺得，我們人類，實在是，好渺小啊。」

千晶也簡短地回應：

「覺得空虛嗎？」

「……」

我稍微點點頭。

「覺得好像心裡空蕩蕩的，或者該說，被掏空了……」

「嗯。」

「不過，我可不是一無所有。」

「嗯。」

「就算腦子一片空白，只要看了手機和電腦，裡頭就有好多朋友和夥伴，也有人在等著我更新部落格。也許我不能完成什麼大事，可是，我會盡力加油的……就在想這些。」

在烏尤尼鹽沼那天晚上。

名副其實的滿天星斗，彷彿要把地平線給吞噬一般。原來天上的星星這麼多，讓我很震驚，甚至有點毛骨悚然。總之，超乎想像的星空，讓我真切地感受到自己確實存在這個宇宙當中。

因此，我感覺頓失依靠，這才了解自己的存在是多麼渺小。在如此廣袤的空間與時間當中，自己到底能成就什麼？話說回來，我的存在，對於這個世界是必須的嗎？就算沒有我，是不是也沒什麼關係……我仰望著夜空時，不由自主地想著這些，感到茫然。

我的腦中不斷浮現出各種難堪的回憶：在親戚家悶悶不樂的情景、一一離開我的朋友、被大家知道父母出意外時，和長谷吵架的事……這些事情應該都告一段落，得到解決才對，為什麼現在回想起來還是這麼難受？我不禁低下頭，揪著自己的頭髮。

接著，我又望向廣闊的星空，心想：

（這樣繼續旅行下去，真的好嗎？）

是不是應該留在日本，到劍崎貨運上班比較好呢？或者我其實應該去念一年補習班，好好考個大學呢？

然而想到自己竟會有這樣的念頭，又讓我覺得更不舒服了。

這時，

「開飯囉～」

舊書商沒頭沒腦地來這麼一句。

原來在我茫然困惑的時候，舊書商已經替我準備好晚餐。

高地的夜晚非常寒冷，這份冷冽讓星辰的光輝更加閃耀；然而湖畔已生起火，鍋裡也飄出香味。深藍色的暗夜，有火焰的溫暖點綴，這美好景象令我感動不已，無疑是「洗滌心靈」的畫面。

今晚的菜單是燉菜湯，還有利用鐵飯盒製作的現烤麵包。

儘管味道遠遠比不上琉璃子的料理，但這燉湯和麵包還是非常非常好吃……一股暖流進入冰冷的身體，彷彿聽見體內發出轟的聲音，整個人暖了起來……於是我覺得好想哭。

舊書商悄悄地說：

「你的部落格，有很多人留言喔。」

這時，我內心百感交集，只能勉強點頭回應。

有人在關心著我，這點無庸置疑。

有人在等待我回訊息，這也千真萬確。

吃了美味的飯菜，身體也開心起來。

只能繼續加油了。

明天也好好努力吧。

而積累在胸中的苦悶，也慢慢地消失不見。

「很棒的故事。」

政宗大哥輕聲地說。

千晶也微笑，

「能夠這樣去思考，就是你的『品德』啊。」

冷風吹拂，千晶飄逸的劉海後方，他的黑色眼眸反射出美麗的夕陽。

將大峽谷染成深紅色的冬陽，已漸漸西沉。

「將這些小幸福累積起來，告訴自己明天繼續加油，我認為，這是最正確也最美好的生活方式。」

聽了千晶的話，我點頭贊同。

「稻葉，你現在正在世界旅行，這是很珍貴的體驗，一般的學生不可能享有的，你特別幸運喔。不過，你並不需要去尋找特殊的幸福，只要感受普通的幸福就可以了。因為美好的事物而感動、因為令人震懾的事物而撼動、因為感到自己的渺小而感到憂鬱時，告訴自己不要緊，還有那麼多人支持我，一定可以努力撐過去的。」

千晶用那雙黝黑的雙眸直視著我，說：

「這就是你一直以來累積小小幸福的證明。每一次的幸福雖然很小，但積少成多，疊得扎實不會輕易動搖。這就是我們人生在世最需要的喔。」

我的腦海裡浮現出長谷、妖怪公寓的住戶、田代她們的臉，差點就哭了出來。

或許只是因為夕陽太美了吧。

「不管是環遊世界，或是在拉斯維加斯中了三億，其實都無所謂的。」

千晶的生命也充滿了不可動搖的一切。家人、朋友等等，各種幸福累積起來，成為了現在的他，才會讓他們得到三億之後漫遊歐洲的經驗，在未來也成為了自己的養分加以運用。

千晶對我伸出手說：

「雖然我不知道你的世界旅行還會持續多久，但你一定也能好好活用這些經驗。你只要維持從前那樣就好了，即使是這樣，你也能每天都有新的開始，然後用新的心態面對每一天，持續成長。」

非常有教師風範的一番話，讓我體內殘存的學生細胞感覺又甜蜜又疼痛。我用力地回握了千晶的手。

每天都有新的開始，用新的心態面對每一天，是這樣啊。

我們盡情享受著眼前火紅晚霞的壯麗景觀，一面喊著「好冷、好冷」，然後在小屋喝了點熱咖啡之後，便搭上了回程的巴士。

那天晚上，我們又一起去了賭城大道。我們點了漢堡和薯條，享受一下垃圾食物的美味，還以閃爍的霓虹燈為背景拍了紀念照片。我們還登上緊鄰巴黎飯店、以二分之一比例打造的艾菲爾鐵塔，觀看對面貝拉吉奧飯店的噴泉秀。從迷你艾菲爾鐵塔上，還可以三百六十度俯瞰賭城的夜景。而這景致正好和烏尤尼鹽沼相反，這是地上的星空！不過一樣美麗。

「從上往下看噴泉秀，覺得好震撼啊！」

「拉斯維加斯的夜景果然超讚的～」

妖怪公寓的大夥兒送我的數位相機，竟然非常適合拍夜景，就算不使用腳架，也不會手震！像我這種外行人，也能拍出如畫般的夜景照片。要是把這些照片放上部落格，應該會很受歡迎吧？對了，剛才好像看到「男性脫衣秀」的照片，等會也拍一下上傳，給田代她們看吧。

「我很期待喔。」

千晶和政宗大哥笑著說。

拍下與夜景互相輝映的帥氣二人組，我不禁豎起大拇指。

回家的路上，我們前往停車場，便走上賭城大道後方的暗巷。

大馬路越是金光閃閃，更顯得巷弄黯淡無光，而且行人一口氣變得好少。幾乎沒有觀光客，都是當地人、飯店人員或相關廠商的工作人員。

由於拉斯維加斯是觀光大城，尤其是賭城大道周邊，都沒看過什麼可疑人物出現。然而，當這麼想的時候，總是不盡人意……

停車場就在眼前，我們一行人笑鬧著走在路上。

緊接著，一個戴面罩的人從旁邊小路竄了出來。

那個人用很快的速度靠近我們，並舉起槍。

「Stop! Gimme your money!（停下來！把錢交出來！）」

他大吼。

（居然要搶劫五個大男人？）

我心想。對方應該認為自己有槍所以姑且一試吧。

（看來這個人是外行啊。）

我靈機一動。不過看千晶和惠大哥冷靜的模樣，這麼想的應該不只我一個。

「Ok, we'll do as you say.（OK，我們會照你的話去做的。）」

惠大哥冷靜地說。然而，歹徒似乎有點著急，用很快的速度說：

「Get out your cash！And values……watches and……necklace'n stuff！（把現金拿出來！還有其他值錢的東西……像手錶……或是項鍊之類的！）」

所有人都乖乖照做。接著，只見歹徒往我腳邊扔了一個紙袋。

「You, gather everything！Bring it here！（你把東西收集起來，拿過來給我！）」

「OK, OK.（好、好。）」

我把大家的現金和貴重物品都裝到紙袋裡。

「I gathered everything.（我裝好了。）」

我一邊說，一邊往歹徒的方向靠近。

「C'mere, slowly.（慢慢走過來。）」

「OK, I got it.（好，我知道。）」

當歹徒把手伸向我的時候，我故意往前跌了一跤。

「哇！」

嘩啦一聲，貴重物品散落在歹徒的腳邊。歹徒不由自主地往下看，下一秒，原本倒下的我順勢彈了起來，朝歹徒持槍的右手用力踹了一腳。

「！」

歹徒的右手彈開來，然而，槍還是在他手上。

這時，千晶緊接著撲上來，他抓住歹徒的右手，順勢把對方往後壓倒。碰的一聲，歹徒應聲倒地。下一秒，千晶把歹徒翻了過來，讓他腹部貼地，還把他的右手反折在背後。歹徒發出哀號，應聲把槍放了下來，我則趕緊把槍往舊書商他們的所在位置踢了過去。

「喔～～～！」

惠大哥、政宗大哥、舊書商一起拍手叫好。

「哇，太厲害了！你們兩個也搭配得太好了吧！」

惠大哥誇張地搖著頭，一副佩服不已的樣子。

「看來你很習慣啦？夕士。」

「在南美的時候也鍛鍊過很多次啦，那時候滿常遇到扒手啦、強盜搶劫之類的，所以已經學會怎麼應付了。」

如扒手或順手牽羊、小詐欺等等這種較輕微的犯罪、乃至持刀槍的搶劫行為，以及舊書商遇到的危險事件等等，我在南美那段時間，可是經過各種洗禮了。因此，看穿罪犯的謊言、應付手持武器歹徒的方式、如何順利脫逃等等，各種技能都提升了不少。

「嘿嘿嘿。」

我一邊撿拾地上的貴重物品，一邊搔著後腦勺。

千晶則是壓著歹徒露出苦笑，說：

「不過，我還是不太鼓勵你單槍匹馬對付持槍的歹徒。」

「你哪有資格說我啊！」

不過，就算我不出手，還有政宗大哥，無論如何歹徒都沒有贏面的。儘管身上有槍，還是敵不過武術高手。然而千晶比政宗大哥還早出手，看來他還是老樣子。薰大哥也說過，他的身體反應比頭腦快。

後來惠大哥報了警，把歹徒和槍枝都交給了警方。歹徒是個年約二十歲的年輕人。

我們也去了警局稍微做了筆錄。雖然有點麻煩，但可以順便參觀警察局，感覺也滿不錯的。

我們回到惠大哥家的時候，已經超過凌晨兩點了。

肚子太餓，所以先吃了酸梅茶泡飯之後才去睡。

隔天。

「只要和你在一起，就會發生好多事，一點也不無聊啊，稻葉。不過，以後你也盡量不要再做危險的事啦。」

千晶說著，還把我的頭髮撥亂。他和政宗大哥搭乘下午的班機離開拉斯維加斯（當然，是搭頭等艙）。

（這些話，你應該跟舊書商說的。）

我心想，然後目送兩人離開。

最後，

「我來拉斯維加斯的事，你可不要告訴田代她們喔。」

他還不忘提醒我。

我們坐在機場的咖啡廳，盯著飛機起降的景象看了好一會兒。

「看到千晶老師，是不是讓你有點想家啦？夕士。」

舊書商笑著說。

「我、我才沒有想家哩！」

見到千晶，我真的很高興，而且千晶還替我傳達了長谷和妖怪公寓大夥兒的心意。透過千晶，我感覺自己又和大家連結在一起，我也因此獲得能量。雖然差一點就開始想家，但現在反而覺得可以繼續努力前進了。

「在拉斯維加斯這段時間，我會努力更新部落格啦。」

我堅決地說。

後來，我和舊書商繼續住在惠大哥家打擾，充分休養身體。去看看表演，或是到近郊觀光。

或許是因為整個人鬆懈下來的緣故，我感冒了。

舊書商笑著說：

「我就想你差不多該生病了吧。」

原來他連這也算準了嗎？

不過，靠著秋音的酸梅和琉璃子的蛋粥，我只花了兩天就康復了。

每天晚上，我都坐在電腦前整理照片，更新部落格文章。只要放上新的照片或文章，就會收到許多大家的留言。一個月後，準備離開賭城時，部落格的更新總算追上了進度。

一月底，我們要離開拉斯維加斯了。

在燦爛的冬陽之中，我們搭乘凌志車優雅地來到麥克倫機場。

「惠大哥，多虧你的照顧！太謝謝你了！」

我和舊書商一起鞠躬致意。

「不會啦，緊張刺激的生活很開心啊。」

惠大哥叼著菸，帥氣地說。

「旅途還很長，要加油啊，夕士。」

「好！」

扎扎實實地和惠大哥握手時，我想起了千晶。

我的背包裡有醬油和橙醋，還有待在賭城這個月時，從妖怪公寓那裡收到新的酸梅。

隨著飛機升空，拉斯維加斯的街景也越來越小。

貝拉吉奧、紐約紐約飯店、曼德勒海灣已經越來越遠；跨年倒數、各種秀場表演，還有大峽谷的回憶，也逐漸遠去。

「拜拜，拉斯維加斯。」

多虧了這段「稍事休息」的時間，我的身心都能充分地得到舒緩。

而且能因此整頓情緒，真是太好了。

借千晶的話來說，我有了「新的開始」。

接下來，就是用「新的心態」面對每一天了。

今天起，我們「充滿推理劇和懸疑劇」、有點忙碌的旅途又開始了。

不過，這次我已經知道目的地了。

「五小時後，就是紐約啦，耶~！」

舊書商說完，我們便用啤酒和果汁乾杯。

「好期待史密森尼博物館喔！」

「全部看完，可要花上三天呢！耶～♪」

「我還想登上自由女神去看看！」

「什麼～？總共要爬四百階的樓梯耶～你會後悔的～」

「我就想後悔嘛！」

我握著拳說，而舊書商則會心一笑：

「不錯喔。」

我想爬上狹窄的階梯，爬了幾百階之後氣喘吁吁，於是後悔自己不該上來、覺得自己好呆。

然後，回到地面之後，喝個冰涼的檸檬水（雖然我很想說啤酒），感覺一定超棒的。

這就是我現在最期待的事。

妖怪公寓
的那扇窗
ことぶき

畫家與詩人

「我了解了，謝謝您。好，再見囉～」

與編輯的通話結束之後，妖怪公寓前庭的樹木，因微風吹動發出聲響，傳進我的耳中。

沙沙、沙沙，沁人心脾的天籟之音，充斥著我的房間。附近街道的行車和電車的聲音，從這裡聽起來非常遙遠，因此妖怪公寓總是顯得非常安靜。最常聽到的聲音，就是庭院裡微風掠過樹梢的聲音，接著，是宴席的笑鬧聲，不過總覺得最近頻率減少很多。因為只要一有事，便大聲叫囂「開趴啦」、「喝酒囉」的畫家不在了。

畫家深瀨明，已經離開妖怪公寓好長一段時間。

那一年，西格死在阿拉斯加。

西格已經很老了，於是畫家帶牠去阿拉斯加當成最後的旅行。然而，當他們乘著獨木舟從育空河順流而下時，竟遭到熊的襲擊。

最後，西格為了保護畫家而被熊咬死，連臨終都如此帥氣。

畫家回到公寓之後，將西格咬住熊的斷牙做成項鍊戴在身上。

詩人和我們其他人，都不太知道要跟畫家說什麼。後來，畫家雖然看起來沒什麼改變，卻經常關在房裡沒有出來。想到他待在死去夥伴經常趴著休息的地方，我們都忍不住鼻酸。不過在那之後，畫家便經常到阿拉斯加去。

原來，西格的孩子們在阿拉斯加出生了。

他們最後那次阿拉斯加之旅，住在以前送養西格的那個家，那裡有隻阿拉斯加雪橇犬和狼混種的母狗狄姬。儘管已經年邁，西格還是對年輕美眉主動出擊，後來成功上壘了。太強了，西格！佩服佩服！

或許，畫家想在阿拉斯加的土地上，守護著留有自己夥伴血液的孩子長大，再說，西格的墓也在那裡。於是他待在阿拉斯加的時間越來越長，後來，終於決定移居阿拉斯加，正式離開妖怪公寓。

「我會常回日本的啦。」

因為畫家這麼說，所以，

「那你把公寓的房間維持原狀就好啦。」

儘管大家勸他，但他還是將所有的行李寄到阿拉斯加，把房間清空了。

離開生活了幾十年的地方，是怎樣的心情呢？而且，妖怪公寓又是這麼特別的地方……我只住了四年，因旅行而暫離時幾乎天天都好想家，儘管我的身旁有同住妖怪公寓的夥伴；儘管公寓裡還保留了我的房間。

然而畫家他卻像平時出遠門似的，輕描淡寫地就離開了。摟摟我的肩，對我說「之後就拜託你囉」，還有在餞行的酒宴上含淚揮別……這些都沒有發生。或許這就是畫家的作風，但總覺得他似乎在逞強……至少，我的心情複雜得很。

「我回來的時候，你的房間就借住一下啦，黎明。」

「拜託喔，深瀨，你那麼大隻，我才不要哩～」

畫家和詩人邊說邊笑。

如同畫家失去西格這個夥伴一樣，詩人也失去了長年陪伴左右的死黨。

「畢竟對深瀨來說，阿拉斯加就像第二個故鄉一樣嘛。」

儘管詩人笑著這麼說，似乎還是藏不住話語裡的落寞……難道是我想太多嗎？

然而詩人的表情還是一如往常，維持塗鴉般的滑稽。

妖怪公寓客廳的那扇窗，窗邊總是有兩人肩並肩的身影。各種事都可以拿來當作喝酒的藉口，後來總會變成「耐力飲酒會」，而能夠千杯不倒喝到最後的，也只有他們倆。這些畫面，已然成為妖怪公寓的風景之一。

畫家離開之後，過了一段時間。

妖怪公寓的庭院，滿是盛開的櫻花。

櫻花花瓣落英繽紛，詩人獨自彎腰駝背坐在緣廊，看起來就要消逝在暖暖的春陽中。亮晶晶的，彷彿他的輪廓邊緣就要成為光的粒子，和花瓣一起飄散而去。

我心想，只有我和他肩並肩坐著，才能留住他。

只要他不嫌棄。儘管我的酒量和畫家天差地別，儘管我還是個小毛頭，還不成熟，對這個社會來說還是個初生之犢，希望他不要嫌棄……

「一色先生，要不要喝一杯啊？」

我拿出大吟釀的酒瓶對他說。

「你看，琉璃子還做了醃山葵花呢。」
詩人看著我，在明亮的光芒中笑得好燦爛。
「哇，這綠色真美啊，看起來好好吃。春天到啦～」
「就是啊，一定要喝一杯的。」
我索性一屁股坐在詩人身旁。
我替詩人倒大吟釀時，竟有一片櫻花花瓣飄進他的酒杯。
「是春天的花瓣呢……」
詩人說完，便一飲而盡。
「啊，好像有櫻花的香味呢。」
詩人大大嘆了一口氣，臉上泛起櫻花色的紅暈。
我也把詩人替我倒的酒喝乾，說：
「春天真的來了。」
「春天來啦。」
我們不約而同抬起頭，藍空與滿園盛開的櫻花互相輝映。花瓣不斷地從樹梢落下，落在妖怪公寓的庭院中、也落在緣廊上，靜靜地、緩緩地堆積起來。

「嗯～山葵花好辣喔！」

「喔，這愛喝酒的人吃了，一定停不下來啦！」

在我們談笑之間，一如往常地，其他妖怪公寓的夥伴也湊了過來。

「我回來啦～」

「喔！是舊書商啊！」

「喔，你們又從白天就開始喝啦？真壞耶，我也要喝～！」

歲月流淌，改變了些什麼，也沒改變什麼。

「是大吟釀喔。」

「還有醃山葵花喔。」

「好春天啊！」

一切都會變成回憶，慢慢地，卻扎實地消逝在過往的時光裡。只有四季會若無其事地更迭，回到這個庭院，和這個緣廊裡。

然而，卻改變不了公寓裡其中的一間房已清空的事實。我再也不希望有任何一個房間被清空了。

於是，從這一年的春天開始，就由我和詩人並肩坐著喝酒。

儘管無法取代畫家的位置，我開始陪詩人就著美酒，與他一起賞玩春去秋來的美好。

畫家每年都會從阿拉斯加，帶著紀念品回公寓一、兩次。大家都很期待他的禮物，還有西格寶寶的照片。

我，稻葉夕士

畫家離開公寓的那一年，其實是一段變動的時期。

對我個人而言，最大的改變，就是我以小說家的身分出道了。

在世界旅行快要結束之前，就有計畫將部落格內容集結成冊，回國之後正式著手進行，一年後便出了書。雖然是外行人的遊記，但書裡的照片不只有景色，還有很多充滿生活感的照片（吃東西的照片超多），趣味感十足而大受好評，後來總共出了三本。同時，編輯還問我：「要不要以這個部落格的內容為基礎寫一部小說啊？」不過我對於寫小說一點自信也沒有，是詩人一直從旁鼓勵著我。

當部落格的內容出書一年以後，我的小說作品《印地與瓊斯　綠之魔境》出版，並以作家的身分出道。

我喜歡閱讀，也看了不少時代小說、冒險小說、犯罪實錄之類的作品。但是，我從來沒想過要成為小說家，當然就沒有學過小說或文學，而從小學開始的作文成績就很普通，也從來沒被老師稱讚過文筆很好。

「反正你也不是要寫文學作品，印地與瓊斯本來就是娛樂作品，輕鬆寫就好啦。」

詩人說。

也是。話說回來，我倒想問：「文學究竟是什麼？」我喜歡小說，卻不是很喜歡所謂的「文學作品」，老實說，那些有名的文學作品我一部也沒讀過（這麼說是不是對詩人不敬啊？但一色黎明的文學作品我倒很喜歡）。畢竟，就像我已經說過好幾遍的，我根本沒想過要成為小說家嘛。我會讀娛樂作品，但也不限於職業作家寫的東西。

「所以啦，要是人家批評稻葉夕士的作品不具有文學性，那也無所謂吧？」

詩人這麼對我說。

「……說的也是啊。」

我心上的大石這才落下。

就算寫的文章受到批評，畢竟我不是科班出身，在意這種事也沒用。故事的結構以及一些用字遣詞，則會有專業的編輯協助。這麼一想，我一下子覺得輕鬆許多，便自在地寫了出來。

就這樣，《印地與瓊斯　緣之魔境》第一集問世之後，便囊括了包含新人獎等三項大獎，編輯也催促我「快寫續集、快寫續集」，於是，我便開始了暢銷作家的生活。

和文學完全沾不上邊的傢伙，寫出來的作品竟然得獎、再版、還要出續集，想到這裡總覺得自己何德何能……不過關於這個疑問，詩人也明快地給了我答案。

「不管別人怎麼說，得到讀者的支持才是最重要的。而且夕士，你是可以堅持下去的人啊，這很重要。持續做好一件事情，是很困難的。」

這個系列後來出了第二集、第三集，每一集都得以再版，我也收到了很多書迷的來信，另外，短文撰稿和其他作品的邀約也越來越多。還有人來接洽將小說改編為動畫、漫畫，以及電影。

堅持下去是很重要的。詩人說的這句話，一直迴盪在我腦海。

從世界旅行回來之後，還來不及思考下一步就變成作家的我，這下終於有了「就這樣堅持下去」的想法。

現在，《印地與瓊斯　緣之魔境》進入第十二集，已改編成漫畫，確定會有動

畫版，電影版相關事宜也快談定了。而我在這部作品之外，還有雜誌專欄連載，以及到各地演講的工作。

今天，我感受到自己還有很多可以學；另一方面，作家生活之於我，也已經稍微能如魚得水。

千晶直巳

千晶也差不多是在同一時期出了意外。

我們這一屆畢業之後，千晶又在条東商校待了三年。就算後來調職，田代也不厭其煩地追蹤報導，因此經常得知他的近況。話說回來，千晶經常在「艾佛頓俱樂部」的官方網站上更新資訊，和會員們交流。

人稱「大哥」的神谷學姊大學畢業同時，艾佛頓俱樂部的核心（經營團隊）正式招聘她為成員之一。這下子，神谷學姊必須兼顧艾佛頓和老家的服飾店，但應該沒問題，她一定可以做得很好。畢竟，下了如此判斷的是一直以來守護艾佛頓的政宗大哥，而政宗大哥也開始培養神谷學姊，希望她有朝一日能成為經營團隊的領袖。而支援神谷學姊的成員名單中，還有田代和長谷，簡直是最強組合。

神谷學姊架設了只有艾佛頓會員能進出的網頁，除了提供店內資訊與介紹說明，也有供會員交流的留言板，而這個板最大的目的，就是刊載千晶的動向。板

上最熱鬧的時候，就是千晶本人來板上留言，其次就是田代她們提供的「千晶情報」。例如千晶任職的學校即將舉辦運動會、千晶也會出戰短跑競賽喔、快潛入學校去拍照啊田代……這類的留言最多。儘管千晶已經不是自己的老師，但身為粉絲，卻願意隨時追星不遺餘力。當然，在這之前千晶就已經擁有廣大支持者，因此這個留言板設立之後，舊雨新知就更能互相交流。偶爾板上有人透露千晶會到艾佛頓的情報，當天到場的會員就會加倍，把整間店弄得熱鬧滾滾。

我大概半年會和千晶在艾佛頓見一次面，每次看到他都一樣年輕時髦，維持著我心目中千晶老師的樣子。聽到以前學生的近況時，他看起來就特別開心。

通知我「那件事」的，是神谷學姊。

神谷學姊知道我是千晶特別關照的學生之一，再加上我的職業是作家，因此判斷我可以立刻趕過去。

「怕發生什麼緊急狀況，所以請你去醫院待命。」

神谷學姊的聲音聽起來很冷靜，讓我感覺更不舒服。

「意外……？妳說千晶他……出車禍了？」

我慌了。失神的感覺似乎有另一個我，正看著當時急著找錢包和手機（明明就在眼前的書桌上）的自己。

回過神來，我已經在醫院。儘管完全不記得過程，但至少順利到達了。

最先映入眼簾的，是癱坐在走廊上椅子的政宗大哥。

「——……！」

此時彷彿有人用力掐住我的心臟，讓我感到呼吸困難。

總是冷靜又堅毅的政宗大哥，光是直挺挺地站著，周圍就好似吹起清涼的風。

然而現在他卻像背著好重的東西，沉甸甸地深坐在椅子上。他的臉色蒼白，一點血色也沒有。

儘管政宗大哥沒說一句話，但看起來一點也不冷靜。宛如結凍一般面無表情的背後，颳起一陣混合了悲傷、愁苦、絕望的黑色氣息。我從沒看過這樣的政宗大哥，或者該說，連想都沒想過他會這樣。

（難道……千晶已經沒救了嗎……）

我覺得自己好像知道了很不得了的事情，於是再也不敢往前一步，就在走廊中央呆站著。

砰！有人拍了拍我的背。

「喔？」

我嚇得跳了起來。

原來是薰大哥。

「你在發什麼呆啊，夕士？振作點啊。」

看見薰大哥的臉，我整個人癱軟下來。冷汗直流、心跳加速，雙腳還抖個不停。

「薰、薰大哥……千晶他……」

薰大哥用他大大的手，用力地摟了我的肩說：

「他得救了，沒事了。」

「……」

我說不出話來。雖然心情與剛才不同，但我的心跳仍像警鐘般轟轟作響，差點就從嘴裡跳出來。我的血液一口氣流到身體每個角落，這才讓冰冷的身子恢復了體溫。腿已經沒什麼力氣，我索性蹣跚地走到附近的椅子坐下。

薰大哥走到政宗大哥那裡，在他身旁坐了下來，應該是告訴他千晶平安無事。只見政宗大哥兩手摀住臉，而薰大哥將他摟進懷裡，兩個人就這樣擁抱了好長一段時間。

儘管撿回一條性命，千晶卻在意外當中失去了右手。

他也因此辭退了教職。

「要是遇到緊急狀況，只有一隻手沒辦法保護那些孩子。」

千晶有點心酸地笑著說。

其實對大部分的學生來說，只要千晶陪在身邊就足夠；然而千晶卻無法這樣想，畢竟他是用身體正面對決的拚命三郎。

身為千晶教過的學生，他辭去教職多少讓我覺得有點可惜，但政宗大哥和薰大哥卻很高興。這下子，千晶終於可以正式回歸艾佛頓的團隊了。

他再也不用為了學生或工作勉強自己（他之前就經常打點滴啦），早上也不必早起了（千晶是低血壓）。

最重要的，就是他能回到「核心」團隊，這對成員們來說是再開心不過了。尤其是比安奇原本就不能接受千晶為了當老師而脫隊，她說：

「這下我終於可以不要那麼煩躁了。」

只見他一邊說，如水晶般的藍眼睛閃著光芒。沒想到他竟能露出這樣的笑容。

人稱「日耳曼紅狼」的他不怎麼笑，是個經常表情嚴肅的帥哥一枚……不，她是女的（不過她真的帥到說是男的也不為過，而且她的粉絲也以女性居多）。

千晶花了將近一年的時間才回歸艾佛頓。慶祝回歸的派對非常豪華盛大，連因為家裡狀況而離開核心的史汀雷和美那子・維納斯都趕來捧場。

核心的元老團隊政宗大哥、比安奇、史汀雷、信、美那子・維納斯，以及千晶，看著他們齊聚一堂的樣子，老粉絲都開心到不行。大家的情緒都high到最高點，幾乎讓人誤以為是在開搖滾演唱會，我們這些年輕粉絲根本望塵莫及。這也能看出以前核心團隊活躍、受歡迎的程度，聽薰大哥說起以前他們的趣事，每個故事都好有意思又好戲劇化。

後來，千晶成為駐唱歌手，每週會在艾佛頓表演三次。想不到大受讚賞，被稱為「黃金樂音」，繼承了克里斯多夫・艾佛頓的地位。

「克里斯大概正在天堂苦笑吧。」

信笑著說。

「克里斯第一次聽見千晶的歌聲，臉色就變了，他那個人明明很沉著的。或許他當時就已經知道，千晶應該有辦法繼承自己的地位。當然，克里斯根本沒考慮過要把位子傳給別人，因此也沒想過誰可以繼承，但他可不是自戀。」

然而，克里斯遇見了千晶。

然而，千晶一直沒有當歌手的打算。

所以，克里斯沒有教過千晶歌唱。

「我覺得很可惜啊。我這外行人來看，也覺得要是克里斯稍微訓練一下，千晶一定可以成為很了不起的歌手。」

為什麼克里斯不要求千晶向自己拜師呢？

「繼承音樂的，不是技術也不是血統，而是靈魂。」

克里斯是這麼說的。

克里斯認為，要是千晶沒有那個意願，或者若那並非他的「天命」，那麼他就不是真正能夠繼承自己歌聲的人。

千晶為了當老師而離開核心團隊時，鼓勵他的人便是克里斯。克里斯應該認為當老師才是千晶的「天命」吧。

歲月流轉，千晶回到了艾佛頓，而且還走上當初沒想過的歌手之路。

不過千晶並非心不甘情不願地成為歌手，也並不是因為他沒有其他選擇。

「事到如今……我回艾佛頓還來得及嗎……？」

當千晶在病床上左思右想，說服他下決定的是政宗大哥。

「你還可以唱歌不是嗎？千晶。那麼多人想聽你唱歌，而且等了好久，現在就是你應該唱歌的時候了。」

他不是「只能唱歌」。

而是現在「應該唱歌」。

「我覺得這是你的天命，和你當初想成為老師的時候一樣。搞不好，這是克里斯的指引。」

政宗大哥握著千晶僅存的一隻手這麼說，千晶也認同了這句話。

「克里斯或許正在後悔，早知如此，應該多教他唱歌才對啊。」

聽著千晶唱的情歌從舞台上流瀉而出，信一邊說，一邊陶醉地瞇著眼。

儘管沒有直接受過克里斯的指導，老粉絲都一致認同，他和克里斯唱歌的方式一模一樣。看來，他已經完全繼承了那份靈魂。

接下來，「黃金樂音」後繼有人的傳聞，漸漸傳了開來，最後傳到了安德烈・波拉瓦奇歐的耳中。

「Four Colors Concert」演出成功，讓全世界古典樂迷驚豔不已。

我終於看見千晶登上世界的舞台，展現他的魅力，每每回想起來，我都會起雞皮疙瘩。

記得千晶曾經說過：

命運會在意想不到的時候出現岔路，雖然不知道會通往哪裡，但我們還是必須繼續往前走，朝著「約定的地點」前進。

我就是如此，而千晶的人生，更是充滿了意想不到的岔路。然而千晶仍然隨時隨地挺直了腰桿，邁步向前。他的作為，就是我的模範。

不過，現在的千晶一天要睡十個小時，而且老是讓核心團隊的成員寵著他，超級任性（但政宗大哥和薰大哥都心甘情願地被使喚）。而唯一不會寵他的比安奇經常賞他拳頭，形成逗趣的畫面，田代她們總是為了看千晶一行人這樣的互動，天天到俱樂部報到。

對了對了，配合千晶「Four Colors Concert」在日本演出的時間，我們幾個条東商校畢業生決定以全學年為單位舉辦同學會。

從家事科A班到綜合科的J班，大家大概快十年沒見，不過整學年還是有超過七成以上的畢業生出席。大家聊著自己的近況，學長姊、學弟妹的近況，還聊了千晶的事，各種回憶湧上心頭，好不熱絡。

千晶沒有出席（怕造成轟動），只捎了口信；老師們則有麻生和中川出席，而大家以為一定會來的青木卻沒有來。

任職於企業諮商公司的田代，在公司累積了經驗之後便獨立創業，現在協助長谷的公司、艾佛頓等，是同時經手好幾間公司的人氣諮商師。

櫻庭進了大型成衣公司，現在是新商品開發部門的中堅社員。

在旅行社上班的垣內，進公司五年後因結婚離職，現在正身懷六甲。原來是在旅行社工作時，一位客戶社長對她一見鍾情，因此釣到金龜婿。

岩崎現在是警察，日後想當刑警。上野成為美容師、桂木則當了廚師，紛紛有模有樣地繼承起家業。

至於飛鳥、阿涼、阿楨則成了上班族，雖然還是像以前那樣吊兒郎當，不過阿涼去年和高中就一直交往至今的女友結了婚。他們三個在大學時期一起組了樂團，有一陣子還很認真以職業樂團為目標努力，然而事情沒那麼順利，就像許多追逐夢想的年輕人一樣，夢想僅止於夢想。當年輕人長大以後，他們便一步一腳印過著踏實的人生。

「嗯，是很好的回憶啦，那個時候。」

「我們可是會彈奏樂器的上班族耶，超酷的吧？」

飛鳥他們笑得好燦爛。這幾個人總是這麼樂觀，就算過了十年，和他們在一起還是很舒服。

被稱為萌木的元木美美，現在則是人氣漫畫家，非常活躍。夢想做出鋼彈機器人的鋼彈阿宅洋輔，在美國取得機器人工學的博士學位之後，現在仍繼續鑽研，希望有朝一日能實現夢想，打造真正的鋼彈機器人。

英會社的前社長江上學姊，在東京的高級飯店擔任服務禮賓專員。三年C班班長松岡，則進了外商公司。

另外，一起被捲入寶石強盜事件的夥伴黑田，也說起了香川的近況。

由於事件讓香川受到很大的打擊，她因此從高中休學，後來花了四年的時間，總算振作起來。我和田代、櫻庭、垣內聽了這番話，都鬆了一口氣。

「香川同學後來取得高中學歷認證，上了短期大學喔。」

「喔，超強耶。」

「她現在是幼兒園老師呢。」

「太好啦～」

或許是因為已經結婚生子的緣故，黑田看著田代她們開心的樣子時，整個人充滿了母愛光輝。

「她說想和千晶老師道謝，也很謝謝大家。」

不知道香川經過了怎樣的心路歷程，才能轉念至此，真是耐人尋味。

「好，那來約一攤～」

田代拍了拍胸脯。

有人過著順遂的人生，也有人經歷了挫折，不過十年的光陰，我們都經歷了好多。

當然，也有人在這十年光陰之中遭受了不幸。根據同學會執行委員的調查，目前所知已確認的，就有十位同學死亡。而田代的小道消息指出，排名第一的死因是自殺，真是令人哀傷。

「對了，聽說小夏學妹失蹤，現在下落不明。」

田代還多了這一條特別報導。

「咦……？小夏？妳是說……山本小夏嗎？」

我們高二的那年夏天轉學過來，加入英會社的高一學妹。她自我中心的程度非常嚴重，老是和周遭的人起衝突，製造很多麻煩。但青木不是解救她了嗎？

「看來後來還是沒救成吧。」

聽田代的語氣，似乎早就預料到這樣的結果。

並不是每個人都過得很幸福。痛苦、煩惱、悲傷總是伴隨著我們，或許應該說，出社會之後，這些負面的東西還比較多。而我們大多數的人都索性折衷取得平衡，在辛苦的生活裡尋找小小的喜悅和快樂，就這麼度過每一天。

「不過，有些人卻沒辦法這樣……但這也是現實的一部分吧？」

現實很殘酷，卻不得不面對。

總之，先向千晶報告香川的事吧。提到休學的香川，千晶曾說過，振作起來「多花點時間也沒關係」。而香川也如千晶所說，不但重新站起來而且過得很好。這個現實讓我感到開心。

小圓與小白

還有，小圓和小白的事。

我去環遊世界的時候，長谷腦筋動得很快，也在妖怪公寓租了自己的房間，每週都會過來照顧小圓和小白。而我回國之後，長谷儘管工作很忙，還是不厭其煩地抽空到公寓走一趟。

大學時代，長谷被他老爸當作長工使喚，經過地獄般的修煉之後，畢了業他沒有進老爸的公司上班，而是自行創業。他沒有把老爸的公司搶過來，而是召集各路人馬，從零開始「創造自己的王國」。他讓北城、白川、後藤他們負責第一線的工作，還找來開行動咖啡店的前不良少年，也請田代來支援其他事項。他放眼全世界，將「年輕實業家」的話題性炒作到最大限度，把自己當成活招牌，宣傳自己的公司。

在公司上軌道的這幾年，他的忙碌程度和在老爸手下修煉的地獄生活應該有過之而無不及，但越忙他越常來妖怪公寓，和小圓一起度過休息時間。對長谷而言，沒有什麼比小圓更能療癒他的心。

小圓的母親沒有再露面，已經過了十年。

妖怪公寓裡一個平凡的下午，初夏的空氣令人感到神清氣爽。

庭園的綠意，是新芽的青澀稚嫩。

澄澈的空氣，讓所有事物在陽光照耀下，都發出寶石般的光芒。

小白在緣廊舒服地睡著，我和長谷、小圓則享受著點心時光。

「哇～小圓，看起來很好吃吧。琉璃子小姐替我們煎了法式吐司喔～」

長谷一邊說，一邊將法式吐司切成一口的大小，我和小圓則興致高昂地看著這幅畫面。

「看起來好好吃喔～」

將吐司浸泡在雞蛋、牛奶、砂糖和香草精打成的汁液，放上平底鍋將兩面都煎得焦黃，就是法式吐司。不過琉璃子將吐司切成厚片，再浸泡蛋液一整個晚上（一般來說只會泡個幾十分鐘），然後呢，將完全膨脹鬆軟的吐司煎一煎，就成了軟綿綿巨大玉子燒一般的法式吐司。切成一大口的形狀，再搭配楓糖漿、果醬、巧克力醬等喜歡的佐料即可。

「啊～好好吃啊。怎麼會跟咖啡這麼搭啊。」

「根本入口即化啊。」

小圓大概也很愛吃，吃得超專注的。他喜歡巧克力醬，把嘴巴吃成黑黑一圈，長谷便幫他擦嘴。

妖怪公寓很安靜，鈴木小姐正在打掃走廊。山田先生負責照顧的玫瑰（雖然混雜了一些像玫瑰的其他東西），正開得豔麗。

詩人過來了，於是大家一起畫畫。小圓的繪畫能力進步好多，長谷看著他的畫，一直微微笑著。

這是一個平凡的下午。

我們在一如往常的妖怪公寓，度過平凡的下午。

傍晚，廚房開始飄出高湯的香味時，原本慵懶地癱在緣廊的小白突然站起身，對著玄關吠了起來。

「小白？」

「啊……」

我知道，這代表小茜來了。只有小茜來的時候，小白才會這麼開心地叫著。

（所以說……小圓的母親大概今天晚上就會來嗎？她已經很久沒來了。）

想到這裡，小茜果然出現了。而且，跟著小茜進來的，竟然是龍先生。

「咦？你們兩個怎麼會在一起……」

「嗨！夕士、長谷。」

「好久沒看到你們一起出現了呢。」

把小圓母親趕走的時候，有幾次龍先生也在場，所以小茜和龍先生兩人一起出現也不奇怪。只是，他們兩個之間的氣氛和平常不太一樣，讓人覺得有點怪怪的。

小茜逗弄著靠過來撒嬌的小圓和小白，而龍先生看著他們的樣子，一點也感覺不出接下來會有什麼不好的事情等著我們。

確實與平時有些不同。

但那是什麼呢？

長谷似乎也感受到了，我和他互看一眼，都露出困惑的表情。

「小茜來了，表示……小圓母親也會來嗎？今天晚上？」

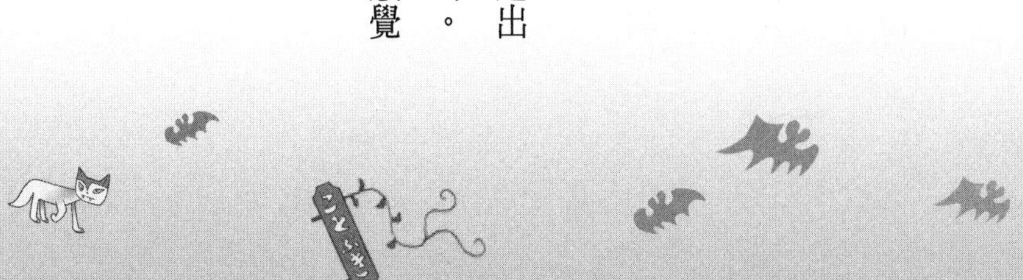

小茜沒有正面回答，只吸了一口氣之後說：

「今天，有件事要跟大家說。」

那是……

那件事情……

是我完全沒想像到的。

怎麼會這樣呢？明明以前聽龍先生說過的。

看來是我完全忘了。

不，也許是我不願意去想，硬逼自己忘掉的吧。

詩人、我、長谷、秋音、佐藤先生、麻里子小姐都在客廳集合。廚房裡，琉璃子小姐的手指也不斷扭動，她也關注著客廳的狀況。

小圓坐在小茜的腿上，小白則倚著她，只見她溫柔地撫摸著他們，接著開口說：

「小圓的母親大概有十年沒出現了。看來她的執拗已經耗盡，恐怕就此消失了。」

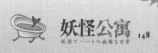

小茜掀起小圓的上衣，他身上沒有母親留下的詛咒手印。平時我們是看不到那個手印的，因為小茜已經施法遮了起來。我們常和小圓一起洗澡，所以主要是顧慮我們，怕我們常看到會有疙瘩，只要小茜解開法術，手印就會出現。

然而手印已經消失了。

這代表殺死小圓的那份母親的執拗，已不復存在。

我們所有人都鬆了一口氣。

這下小圓的靈魂終於洗滌乾淨了。

（洗滌乾淨……咦……？靈魂變乾淨之後，會發生什麼事啊？）

龍先生環視著大夥兒，靜靜地說：

「要讓他成佛了。」

我驚訝得合不攏嘴。

意思就是，小圓和小白都要歸天了。

大家都愣住了。聽懂龍先生的話之後，那句話便在腦海中百轉千迴。

「恭喜他們！」

秋音澄澈的嗓音響起，說完便深深一鞠躬。

小茜也深深地低頭示意。

「嗯，這段時間真的受大家照顧了，因為有你們，小圓才能快樂地生活，補足他生前的不幸。好啦，像這樣笑著送他吧。」

小茜微笑著，小圓也笑顏以對。

「……」

一股溫熱從胸口湧了上來，我拚命地忍耐。

我旁邊的長谷面無表情，只是使勁地盯著小圓。

「這樣啊，這一天終於到來啦。」

詩人感慨萬千地說。

「太好了。這樣是最好的，對吧？麻里子？」

豆大的淚珠，悄悄地從麻里子的大眼睛裡滾了出來，佐藤先生則溫柔地撫著她的背。只見她微微點頭，眼淚隨即落在她的膝蓋上，發出啪答啪答的聲音。

「所以該走了嗎？」

詩人問道，龍先生則點頭回應。

「怎麼這樣……至少再等一會兒吧！」

我以為我聽見的是長谷的聲音，其實是我自己的吶喊。

只要一天，再一天就好。

讓我們再依依不捨一陣子吧，這也未免太急了。

（不……！這種事應該很講究時機的。大概是我們不懂，可能非得今天走不可！一定是這樣！）

我將放在膝上的手緊緊握拳。

（這不是悲傷的離別。小圓和小白要成佛歸天，這是可喜可賀的事，秋音不也這麼說了嘛！佐藤先生也說，這樣是最好的……！）

小圓什麼都不知道，仍然在小茜懷裡開心地玩著。

如此潔白無瑕的靈魂，不能就讓他們遊蕩下去。就算公寓的大家多寵他們，就算長谷多溺愛他們。

（歸天當然是最好的結局！那是靈魂最原始的姿態！）

我這麼說給自己聽，不這麼做的話……我就會哭出來。長谷大概也是如此，還有詩人他們，大家都一樣吧。

龍先生微笑環視著莫名安靜的大家，開口說：

「一開始一定會很捨不得，不過請放心，小圓和小白很快就會投胎轉世的。」

大家不約而同抬起頭來。

「投胎轉世……真的嗎？」

秋音的表情亮了起來。龍先生則笑著點點頭。

靈魂轉世究竟是怎樣的狀況，我實在無法想像，不過那麼高明的魔道士都這麼說了，那應該不會錯吧。

「不過……會知道他們要投胎到什麼地方嗎？」

長谷終於出聲了。

龍先生看著長谷，簡短有力地回答：

「會知道的，交給我吧。」

這句話，也不偏不倚地說中了我的心。

好好和小圓小白道別吧。

不，要說我們一定會再見面。

我決定了。

「小圓小白要投胎轉世啦……好耶！」

「這次一定要幸福喔。」

「龍先生會幫忙，一定沒問題的。」

詩人和秋音相視而笑。佐藤先生摟了摟麻里子的肩膀，她便帶著眼淚笑了起來。

在廚房忙了一陣子的琉璃子，也送禮物過來給小圓。

「明天的點心，是巧克力蛋糕喔。」

秋音說著，一邊將琉璃子送的點心拿給小圓。因為無法做成蛋糕的形狀，所以琉璃子將巧克力弄成小小的圓形，做成巧克力球，裝在袋子裡讓小圓帶在身上。

小圓接過點心，臉上的表情看起來更開心了。

然後，小茜抱著小圓站了起來。

「……」

我的喉嚨差點發出聲音，我硬是吞了回去。

這是最後一次看見小圓的笑臉了。

他拿到點心時開心的表情，一如往常。

是啊，不過……

這樣是最好。

這樣才是最好的。

這樣──

「好啦，小白也快跟上來，今天要帶你們出門喔。」

小茜轉身走向玄關，小白也跟了上去。

大家都站了起來，只剩長谷一個人癱坐在地上。

「小圓寶寶、小白，期待再和你們見面喔！」

被秋音和麻里子摸摸頭和親親，兩個小朋友更加笑逐顏開。

「龍先生，拜託你了。」

龍先生點點頭，回應了詩人的請託。

「走吧……」

接著，他們的身影跟隨著龍先生，像融進黑夜般消失了。

在一片漆黑之中，有些許金色光芒降了下來。這亮光忽明忽暗，還一直打轉，看起來很雀躍，彷彿在慶祝小圓和小白走上轉生的旅途。

「走掉了……」

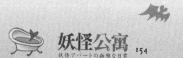

麻里子小姐擦著眼淚說。

「雖然這樣對他們最好，但還是好捨不得。」

佐藤先生大大地嘆了一口氣。

「不過很期待啊，小圓和小白會投胎轉世呢。」

秋音的意見也完全沒錯。

「只好暫時這樣想，來稍微排解一下寂寞了。」

「一色先生最捨不得了吧？」

「那還用說嗎～我可是幫他們取名字的再生父母啊。」

也對。再說，詩人經常待在公寓裡，他也是和小圓小白相處時間最長的人。

「可惡，今天要喝悶酒！開喝啦，夕士！」

「遵命！」

「對啊，我們還沒吃晚飯啊。」

秋音已經衝向食堂。

食堂頓時熱鬧了起來，而長谷還癱坐在客廳。他的視線彼端，就是小圓和小白總是待著的窗邊。

一直在窗邊肩並肩的兩個小小靈魂，已經從這個公寓裡消失了。

「長谷……」

我輕撫著長谷的背，順勢搭上他的肩。

長谷不發一語，我也安靜地等著。

過了好一會兒，長谷終於開口。

「會投胎轉世的話，那就好……」

「嗯。」

「他們不是就此消失不見的。」

「嗯，只是暫時見不到面而已。」

「……那就好。」

「小圓和小白，一定都不會忘記你的。」

「……」

「絕對是，一定是那樣的。」

夜晚，妖怪公寓的庭院。

從天降下的閃爍光芒落在花草上，微微照亮四周，讓花兒的色彩更璀璨。整個

庭院都被美麗的溫柔光輝籠罩著，形成一幅動人的景致，令人百看不厭。

那天晚上格外安靜，似乎連各種妖物都潛藏了聲息。我與詩人一邊聊著小圓和小白的事，在客廳喝到早上；長谷則是一直關在房裡沒有出來，據說他看了整晚的星星，一直無法入睡。

好幾顆流星劃過夜空，長長的尾巴閃著細細的光芒，接著粉碎飛散，消逝在暗夜之中。

（下輩子要幸福喔……）

真是漫長的夜晚。

兩年後，小圓和小白真的投胎轉世回來了，不過長谷花了好長的時間才振作起來。小圓和小白不在之後，他好一陣子都沒到妖怪公寓來了。我想，長谷一定每天都向他的「上鎖日記」哭訴吧。

龍先生帶祐樹和大樹過來那天，正好是千晶的「Four Colors Concert」到日本演出的日子。

觸摸到有生命的小圓和小白，那份感動實在很難以筆墨形容。

我再次深深感受到「活著」這件事的美好。我從漫長的昏睡中醒來，長谷緊緊抱住我的時候也是這種感覺。

看著小圓和小白被小茜帶走，直到後來都完全沒哭的長谷，卻在抱著祐樹的時候哭了。

現在「小圓」和「小白」不復存在。

取而代之的是好幾倍、好幾百倍珍貴的美好生命。

小圓和小白的靈魂仍是那樣純淨無瑕，然而這次他們重獲新生，又來到我們的身邊。

他們的體溫和心跳，就是最好的證明。

「他活著！真的有生命！」

祐樹和大樹在父母的疼愛之下會漸漸長大，會玩、會讀書、會工作，還會談戀愛吧。

我能想像那是多麼棒的事情。

小圓和小白在公寓大夥兒的寵愛、長谷的溺愛下或許過得很幸福，但那並非長久之計。靈魂還是需要被賦予生命，真切地感受喜悅和痛苦才行。

撫摸著祐樹和大樹的身體，感受他們的體溫和心跳，我深刻地體悟了這點。所以長谷才會掉下眼淚，而我，也快哭出來了。

長谷說，他終於將情緒整理好了。他還說，雖然想起小圓會覺得難過，但以後祐樹和大樹會撫慰他的心。

祐樹和大樹有時會到公寓來作客。

那個時候，長谷又會準備好多玩具寵他們的。

妖怪公寓的那扇窗，景色已經有些不同了。

和之前比起來或許安靜了點，但還是照樣古怪、照樣快樂。

從那扇窗看著平凡的景色，覺得這些年真的發生了好多事，而我很感恩事過境遷的現在，我能如此平靜看待一切。

小希洛佐異魂

「今晚真是平靜啊，主人。」

富爾出現在書桌旁的「小希」上頭。

「喔，是富爾啊，一週沒見了吧？」

「都是主人您近來太過於忙碌了呀。」

富爾說完，誇張地行了一個大禮。

為了守護我的性命，用掉所有靈力而再次回到封印狀態的《小希洛佐異魂》。

我和這本魔法書，究竟是怎麼被命運牽在一起的呢？真是太奇妙了。

我一直很想知道這其中有什麼意義。

我不像龍先生、舊書商、骨董商他們在生活中會用到魔法，也沒有被捲入什麼和魔法有關的意外，更沒有突然展開通往魔法世界的冒險，只是一直過著平凡

的生活。

況且，「小希」的名稱雖然有個小字，裡頭的妖魔、精靈淨是些沒用的傢伙，真的稱得上是魔法書嗎？

還是說，當時我因「鬼恭造」事件受牽連的時候，是「小希」救了我的性命。難道這就是牽起我和「小希」的命運嗎？

然而，那個時候——

事情就發生在我環遊世界途中，到了非洲的時候……

非洲某國的茂密叢林中，不意外的，我和舊書商被當地奇怪的集團追著跑。

會說不意外，是因為舊書商又闖禍了。

在南美、中國、印度，還有非洲，舊書商經常被當地的人找麻煩。

舊書商好像不想把我也牽扯進去，所以老是什麼都不告訴我（但事實上我就是被牽扯進去啦！），總之因為某些原因，就會有拿著開山刀或機關槍的山賊、長得像幫派分子的傢伙、當地的土著宗教集團之類的人來追殺我們。我猜，恐怕是為了搶奪一些軍事、寶藏，或是具有歷史價值的「秘密文件」。以這個角度看來，舊書商真的好像印地安納・瓊斯。
那天也是這種情況。
我們在穿越叢林的河川附近紮營。
當天晚上，舊書商對我說：「我離開一下。」
「幫我把橡皮艇充滿氣，在河邊拴好。」
他留下這句話就走了，這讓我有不祥的預感。所以我把行李收好，隨時可以離開。
果然，隔天早上舊書商衝回來時，一邊喊著：
「快收行李啊，夕士！閃人啦！」
「遵命！」
為何？發生什麼事啦？問這些根本沒有用。我們立刻跳上橡皮艇，順流直下往河川下游前進。接著，一堆長槍和箭如下雨般從森林深處射了出來，落在我們的四周。
接下來，一群全身染成紅色和白色、披著羽毛和皮草、戴著奇怪的面具，看起來就是「可疑宗教集團」的傢伙，從樹木之間大剌剌地走了出來。他們的樣子與住在叢林深處的原住民不同，很明顯和宗教有掛鉤。

「快划啊！夕士！要是被抓到就要被吃掉啦！」

「真的假的？」

「他們可是專獵人頭的宗教團體啊！」

「獵人頭！現在還有這種風俗嗎？」

「不是，才不是風俗，只是一群把獵人頭當作宗教儀式的狂熱分子啦！」

「狂、狂熱分子！」

「他們自己創造了一個神，將頭顱獻上，脖子以下的部分就讓信徒一起吃掉！他們相信這樣可以得到幸福哩！」

「太扯啦！」

那群狂熱分子一邊追著我們，一邊把長槍和箭射過來，還有人一邊大叫一邊跳舞。他們身上塗的紅色，該不會是血吧？眼前的景象真是太懾人了。

「據說他們的行為是土著獵人頭的風俗演變而來的，但他們扭曲了原本的意義，創立了自己的宗教。鄰近的部落已經有好幾個人遇害，其中一個部落的族長還來找我商量。」

橡皮艇順流而下，速度越來越快。那些狂熱分子的身影，也變得越來越小。

「那些傢伙，盜用了他們部落的神靈象徵，擅自拿來當成自己的神。」

「所以族長要你幫他們奪回來嗎……」

「就是這樣。」

舊書商難得會跟我說這次引起騷動的原因。

舊書商從肩背包拿出一本破爛的書，那是一本用藤蔓將粗粗硬硬的紙串起來的手工書。

「這是恩・瓜吉部落的守護神，盧亞瓜的聖典，恩・瓜吉的薩滿❺就是使用這本聖典進行各種和神靈有關的儀式。據說有神靈就附在這本書上。」

「那些壞傢伙把這個搶走了，對吧。」

「沒錯。恩・瓜吉的薩滿非常生氣，他焦急地說，要是能將聖書奪回來，就要藉由盧亞瓜的力量把那幫傢伙給殲滅。」

「沒錯，一定要殲滅他們。」

這時，啪咻一聲，一支箭射中了我們的橡皮艇。

「啊——！」

橡皮艇開始消氣，速度也慢了下來。

「慘了啦、慘了啦！」

我用最快的速度從背包裡拿出膠帶。

「必殺技，布膠帶修補術！」

我立刻用膠帶把被箭射穿的洞補了起來。這種時候，膠布真的超好用的，是長途旅行必備良伴。

雖然洞補好了，但我們的速度早已變慢，那些傢伙又追了上來。而且！

「喂……你看！那……那不是瀑布嘛！」

看樣子河川在前方就沒了去路。

舊書商一邊把聖典裝進塑膠袋，一邊喊：

「沒關係！這瀑布只有三十公尺而已！」

「三十公尺叫作沒關係嗎?!」

前有瀑布，後有追兵。

❺意指智者。主持部落中的各種儀式，能與神靈溝通，進行卜卦、醫療，或是控制天氣。

這個時候。

「看來您遇到了麻煩呢。」

一個聲音傳進我的耳中。

我不由自主喊了回去：

「是很麻煩沒錯啊……咦?!」

我回頭看了聲音傳來的地方。

原本應該在背包裡的「小希」竟出現在背包旁邊，而且還有一隻小妖精站在上面。

「富……」

「小的在此向您請安，主人～！」

接著是誇張的鞠躬行禮。

「富爾！」

我和舊書商異口同聲。

富爾立刻飛過來，抱住我的脖子說：

「好久沒見到您啦，主人——！」

「難道小希洛佐異魂復活了啊？」

舊書商一問，富爾便挺起胸膛說：

「是的！我們剛才就在此復活啦！」

那一刻，我感覺世界充滿光輝。

在這片光輝之中，富爾第一次出現在我夢裡的樣子、富爾突然出現在我和長谷面前的樣子、希波格里夫、布隆迪斯那些妖魔的樣子、還有，「小希」被封印時的事情，都瞬間閃過我的腦海。我感覺這些充滿光輝的回憶，就要在我腦中爆炸了。

「這幾年，主人您的心靈成長了很多，成為我們的力量，因此才能這麼快復活。您的力量真是令人驚豔，我們所有妖精都要向您致上十二萬分的感謝……」

富爾誇張的語氣我一點也聽不進去，只顧著趕緊抓起「小希」，翻開書頁。

三十公尺高的瀑布，就近在眼前。

「女祭司，潔露菲！」

我喊著，富爾也高聲唱和。

「潔露菲！風之精靈！」

轟的一聲，颳起了一陣強風。

這陣強風撐起即將墜下瀑布的橡皮艇，小船就像滑雪跳台選手一樣，從瀑布上端緩緩地降落在河面上。

「喔喔～～～原來還有這一招！」

「真不愧是我的主人！控制得真高明！」

舊書商和富爾都大聲叫好。記得剛拿到「小希」那陣子，我控制潔露菲的時候，頂多只能稍微吹動書桌上的筆記本或筆。然而現在，我確定我幾乎能完全依照自己的意念操控潔露菲，這讓我全身起了雞皮疙瘩。

追兵也來到瀑布上方，然而他們無法跳下來。儘管他們持續叫囂、把長槍射過來，我們則無視這一切繼續順流而下。

把他們完全甩掉之後，正好河川的流勢趨緩，我們也終於鬆了一口氣。

「我們已經安全了呢，兩位都辛苦了。」

富爾又誇張地行了一個大禮。

「哈哈哈。」

舊書商笑了起來，還一邊拍著我的背。

「哈哈哈哈！」

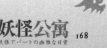

我也笑了。

「呵呵呵呵。」

富爾也開始笑著。

我們一面隨波逐流，就這樣笑了好一陣子。

想起當時的情景，現在也覺得很想笑。那是很痛快、很幸福的笑。

從「小希」被封印到復活，大概有三年的時間，說長不長，說短不短。

這段時間，我經常把「小希」放在背包裡，不時拿起來翻一翻。我還會試著小聲呼喚富爾和寇庫馬，不過當然沒有回應。

但我的「能力」確實增強了。

「就是這樣子沒錯啊，我的主人。」

富爾煞有其事地用力鞠了躬，頭都快要碰到腳尖了。

「第一次出國就是環遊世界，主人您應該吃了不少苦頭吧？歐洲和北美洲或許還好些，但南美、中國、印度、非洲這些地方就很險惡，而且您也完全無法依賴舊書商殿下吧。」

「是啊。總之就是走了很多路，還有野營。其他的像是搭巴士啦、訂便宜旅館啦……」

我苦笑著說。

「主人您拚命地跟在舊書商殿下的後頭，不管多苦多累，都沒有停下腳步，就是這樣的操練，讓主人您的能力增強了呢。」

大自然的殘酷、歷史的神秘，就算只是在小巷和大叔喝酒，這些經歷都確實成為我的養分。而我也透過手機和部落格，和我的朋友及夥伴分享我的喜悅和苦難。

「這樣的思考方式，就是主人您最珍貴的能力，我們幾個就是靠著這份力量才得以復活。」

說到這裡，富爾又深深一鞠躬。

我想起在拉斯維加斯時，特地來看我的千晶說過一句話。

「能夠這樣去思考，就是你的『品德』啊。」

「真不愧是千晶大人，他真內行呢。」

富爾「呵呵呵」地笑了起來。

「有些人無論遇到什麼事情，就只會有負面的想法，或許是本身性格扭曲的緣故，或許曾經遭遇過怎樣的不幸。無論如何，對於能夠坦率地接納、感動、擁有自己的想法，那些人都是嗤之以鼻，甚至加以訕笑。那樣的人，靈魂根本不可能提升到很高的層次，也就是說，他們很難得到幸福。」

聽了富爾幾乎沒有換氣說出的一長串意見，讓我想起了詩人，他也說過一樣的話。

「不過呢，我們家主人，稻葉夕士大人可不一樣！不管是痛苦或悲傷、喜悅或快樂，總是最坦率地面對，這樣的心才會充滿力量，成為我們的糧食！可喜可賀，可喜可賀～」

「夠了啦，富爾。」

越講越害羞，亂尷尬一把的。

我也有段時間無法坦然面對自己，老是否定、抗拒。那段時間，我懷著一肚子的不滿，總是想著總有一天爆發，就要給你們好看。

要是我一直是那個樣子，根本不可能交到朋友，也會一味否定詩人、龍先生和千晶的滿口「說教」和「自以為是」，無法理解大自然的偉大與奧妙，更沒辦法和人好好相處。我只會埋怨、痛恨著自己的遭遇，不斷憤世嫉俗。

我之所以沒有變成那樣，都是因為長谷和妖怪公寓改變了我。

因為大家的陪伴，我才能這麼幸福。

而這一切累積下來的結果（？）就是「小希」的復活。不知為何，我就是這樣覺得。

已經復活的「小希」，和之前比起來穩重多了。這或許都是因為身為主人的我改變了……也就是說，我變成熟了（而且能力增強了）。

愛吹牛的貓、上了年紀的貓頭鷹、彼此交惡的三姊妹等，「小希」裡頭淨是一些不太中用的妖魔。隨著我成為職業作家，幾乎都待在家裡不出門，離那些魔法事件也已經太遙遠，這些傢伙就更派不上用場了。不過他們幾個對我來說，和妖怪公寓的住戶一樣，都是我深愛的家人，這一點是不會改變的。

對了、對了。因為「小希」復活的緣故，回國後，我又開始了靈力訓練。

訓練師則一樣是再次回到妖怪公寓的秋音。

不過，這次我不特別請她幫忙指導，修行的時間也只有週日晚餐前的一、兩個小時，兩個人一起在瀑布下念般若心經而已。

與其說是靈力鍛鍊，應該說只是為了在訓練之後，覺得泡澡特別舒服、晚餐也更好吃這樣的理由而已。

貓咪與我

畫家離開、小圓和小白也走了，妖怪公寓變得好安靜。

祐樹與大樹偶爾會來玩，那個時候長谷特別興奮，氣氛會熱鬧一些，但他們還是小寶寶，總是很快就回去了。

雖然長谷週末會在公寓裡，但要是忙起來也經常不在。

妖怪公寓的其他人還是老樣子，不過炒熱氣氛的核心人物畫家已經不在了，所以就算飲酒作樂，席間也稍嫌安靜了些。

「一方面也是因為夕士和秋音你們長大了嘛。」

詩人笑著說。

歲月流淌，時序進入深秋，妖怪公寓的庭院已完全染上楓紅。紅黃相間的藤蔓妝點著圍牆，還結出碧藍色的果實。忘了是哪一年的秋天，小圓收集了好多這種果實，小心翼翼地裝在箱子裡。果實美麗的碧藍色，在小圓的眼中就像寶石一樣吧。

金黃色的斜陽當中，落葉發出沙沙的聲響落了下來。幾個黑色小人忙進忙出，不知道要把這些染紅的葉片搬到哪去。我們以前經常用落葉烤地瓜呢～

晚餐前，我和詩人就著淋上美乃滋烤魷魚腳喝酒的時候，有人朝我們走了過

來：「我回來啦！肚子餓啦！」

原來是舊書商回來了。

「現在公寓裡最吵的就是他了。」

詩人的評語讓我忍不住噴笑出來。

「啊～變冷了啊～喔！是烤魷魚腳！」

舊書商立刻衝過來在我旁邊坐了下來，便開始大口大口嗑起魷魚腳。

「嗯～好讚喔～～～！烤魷魚果然要配美乃滋啊～」

「對對對，來，遲到的罰三杯。」

詩人替舊書商倒了清酒。

「喔～是溫清酒！這也超棒！純米酒嗎？好日本的秋天啊～」

廚房又飄出了香氣。

「這個味道是，壽喜燒！呀呼——！」

「是松茸和牛肉的壽喜燒喔！」

「日本的秋天萬歲！當日本人真好—！」

正當我們流著口水等待主菜上桌時，

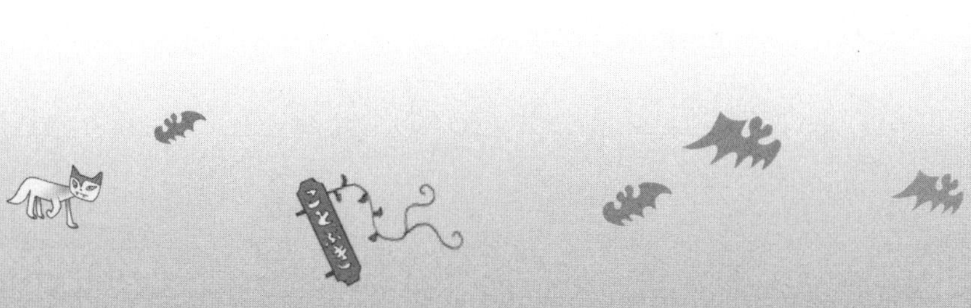

「哇，好香喔。」

又多了一個夥伴。

「喔～骨董商人，好久不見！」

「好久不見！」

「真的，很久沒見啦！」

「嗨，各位，看來各位還是老樣子，太好了。」

骨董商人的打扮也一如往常，奇怪的單眼眼罩和大衣，以及滿嘴奇怪的鬍子。

骨董商人一進客廳，跟在他後面的奇怪手下便一哄而散，不知道跑到哪裡去了。

就在這時候，松茸的土瓶蒸和烤松茸端了上來，我們都拍手叫好。

「看來我來得正是時候呢。」

骨董商人滿足地笑了起來。

我們享用著這頓松茸大餐的前菜，談論的話題，當然還是畫家與小圓、小白。

「唉呀，小圓和小白投胎轉世了，真是可喜可賀啊。」

「骨董商人你當時不在場，才能說得這麼輕鬆啊！你都不知道我和長谷有多想哭啊！」

「哈哈哈哈。」

「不過，我也真的是很捨不得啊～喔！壽喜燒大人登場啦！等好久囉！」

就算舊書商大聲喧鬧，也無法否定和以前比起來，這樣的酒宴餐敘已經寂寥許多。不過妖怪公寓的夥伴開心地聚在一起，飯菜總是更顯得美味，這點是不會改變的。

「哇！好香喔！肚子好餓啊！」

「喔～壽喜燒，是壽喜燒啊！」

秋音和佐藤先生回來了。

秋音一口氣把牛肉全撈走，配著大碗白飯大口扒進嘴裡。琉璃子則趕緊在鍋裡加了牛肉。

輪廓鮮明的月兒高掛在寶藍色的天空，濃濃的秋意讓夜晚有些寒冷，但妖怪公寓的客廳卻充滿了溫暖的氣息。大家談笑的聲音，讓氣氛更加熱絡。

「真沒想到秋音和夕士都快三十歲啦，真不敢相信～」

「小孩子真的長得好快啊。」

「已經變成大美女啦。」

對於骨董商人「親吻手背」的動作，能夠「呵呵呵」笑著接受的秋音，儼然已

經出落得美麗大方。不過倒是我自己也很難相信，我和秋音都快三十歲了。

「佐藤先生又要從新進員工開始打掉重練了嗎？」

「嘿嘿嘿，是啊。這次我到成衣公司上班，雖然職務一樣是會計。」

「我同學也在佐藤先生的公司上班耶！」

我說的同學，就是吵鬧三姊妹其中之一的櫻庭。「喔～」骨董商人有些驚訝地睜大唯一一隻灰色眼睛。

「就是啊，不過我們任職的部門完全不同，完全沒交集啦～」

「而且佐藤還是晚五年入行的後進啊！」

大家都爆笑出來。

「這個話題，不管聽幾次都好好笑！」

「這只會發生在佐藤先生身上啊！」

舊書商和詩人笑著乾杯。

壽喜燒吃完之後，我們把白飯丟進剩餘的湯汁，做成「壽喜燒飯」。不是雜炊，其實比較接近炒飯。將白飯倒進剩下的湯和食材當中，一直翻炒到湯汁收乾（但也不能炒得太乾）。調得有點甜味之後，直接用湯匙從鍋裡舀起來吃。

這絕對稱不上是高檔的食物或高雅的吃法，但這樣能讓沉到湯汁底下的剩餘的肉啊、松茸等細碎食材都夾帶到白米飯上，非常好吃！再加上琉璃子特製的醃白菜，契合度滿點，美味破表！大家都吃到鍋底朝天，一粒米也沒剩下來。

吃完晚飯，琉璃子又替我們做了一點下酒菜，大家就索性繼續喝。我因為工作的關係，沒辦法像畫家那樣陪伴詩人那麼長的時間，覺得有點扼腕。不過話說回來，倒也沒人有那般好酒量，真的陪詩人喝到最後。

「我也不是自願要喝一整晚的呀，都是陪深瀨喝而已啦。」

詩人這麼說。

現在，妖怪公寓裡已經沒有人喝到爛醉，或喝到天亮了。雖然說這樣比較健康，但大家不知為何就想讓公寓安靜下來。

妖怪公寓的模樣，逐漸改變。

不過這是理所當然的。

他們說，都是因為我和秋音已經長大成人了。

這也是理所當然。

不過，總覺得有點寂寥。

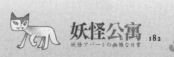

就在這時候。

為了和編輯開會，我久違地來到了東京市區。

開會之前，長谷社長請我吃飯，我們在大樓頂樓的餐廳吃牛排套餐。

「啊～好想快點回公寓泡溫泉喔。」

長谷一邊說，一邊扭著肩膀發出喀喀喀的聲音。

「你好像很忙啊。」

「北城找到了不錯的印度絲，正在談進口。我們打算以女性時尚配件為目標，在日本上市。」

長谷說著，一面把牛排大口大口送進嘴裡。看來他幹勁十足。

長谷的公司主要做貿易，而北城領軍的「海外事業組」，則負責從國外選品、採購，或是將國內商品出口，因此經常飛到世界各地拉業務。雖然交易規模還不算太大，但發掘出好東西之後，就會透過郵購的方式拉高營業額。這個時代，就算沒有海外分店，也可以在網路上進行購買，非常方便。

最近很熱門的，就是北城在夏威夷找到的手工香皂，大受女性歡迎，許多時尚雜誌都有介紹。而女性雜誌的邀約不斷，主要就是因為長谷本人就是公關宣傳的窗口。只要長谷那傢伙露出牙齒微微笑一下，說「我有信心，所以推薦給妳」，營業額就增加好幾倍。還有，跟在長谷身邊的秘書後藤也是個帥哥，這對美男搭檔大受女編輯的好評，因此各種採訪和特輯報導幾乎應接不暇。

另一方面，那些前不良少年的咖啡事業也一帆風順，銷售通路也開始擴張。當年那些剃平頭的小混混，現在各個是有模有樣的銷售員，靠自己的力量在社會上立足，還有人成了家，大家都踏實地過活。有些人從原本咖啡攤的生意轉戰貿易，也有人自創了新的銷售事業。

「我以為自己這輩子不可能腳踏實地地過日子了。我雖然很尊敬北城前輩，但總覺得自己總有一天會被社會排擠。」

當年的那群不良少年，好幾個人都這麼說。

學生時代沒好好念書，只顧著玩和打架鬧事，每天在外面閒晃到天亮，這樣的人，確實很難有正當職業。儘管他們跟著北城，加入了長谷的事業，但這些傢伙連便利商店打工都沒做過，竟然要他們為了咖啡攤去拉業務，或許他們自己一開始也覺得「開什麼玩笑啊」。

然而北城靠著他的領袖風範，將原本的一盤散沙統籌了起來。

北城帶頭外出工作，讓大家看看他對客戶低頭請託的模樣。

「你們聽好了，我們可是有正當職業的社會人士，正經的人，對於交易合作的對象以禮相待，是理所當然的。就像我認同長谷和久瀨川之後，對他們以禮相待一樣。那個久瀨川，還說將來要當空手道場的教練哩！」

聽說這個叫久瀨川的，是北城學生時期的敵手，兩個人經常決鬥。

「我想要你們好好過日子啊。只要是當我小弟的，一定辦得到。失敗也沒關係，先忍耐三年再說！」

因為老大率先辛勤工作，做小弟的也不能偷懶。當然，一開始有很多問題，例如商品亂丟亂放、叫貨叫錯、和客人起爭執等等，不過北城都耐住性子，罩著下面的小弟。更重要的是，後台有一個完全不插手，只提供金援的長谷。

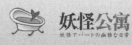

後來這些不良少年了解到「自己沒有被拋棄」，便開始有了戲劇性的變化。每個人都更認真地面對工作，原本一直虧錢的咖啡攤，營收開始成長，而這樣的成

績，也讓他們有了自信。

「雖然我現在只會煮咖啡賣咖啡，不過啊，我以前可從沒想過人生會這麼平靜哩！以前就想加入幫派，去玩槍玩子彈之類的，這麼說可能有點誇張啦，但我真的很有可能去過那樣的日子。」

曾是不良少年，現在完全改頭換面的其中一人苦笑地說。

「小孩出生之後，我由衷地覺得感恩，覺得幸好當初跟了北城前輩和長谷大哥。這下，我也有辦法好好把小孩養大了。」

他笑著說，還有點害羞地讓我看了寶寶的照片。他的臉上出現了最棒的笑容。

「你創業六年？還是七年啊？公司變得很不錯嘛。」

我對長谷說，他則笑著回答：

「還差得遠哩。」

長谷的野心，正在壯大。

他要讓公司成為日本首屈一指的企業。

他要做到能和老爸的公司相提並論。

和長谷道別之後，我和編輯在飯店的咖啡吧邊喝茶邊開會。

好萊塢的人來洽談《印地與瓊斯》改編真人電影版，然而聽說談得不太順利。

「喔，我覺得沒關係啦，花點時間談，沒談成我也不介意。」

老實說，我確實覺得沒拍真人電影版也無所謂，但若是真的要拍，就希望對方好好做，但事情總不會這麼順利的。其實電影圈還滿混亂的，目前國內也有好幾個電影業者來談《印地～》的電影版，不過每次對方提的企劃，都令人跌破眼鏡。「想拍主角是日本人的版本」倒算好的了，其他還有「想把印地跟瓊斯設定成高中生」、「印地是女生，最後和瓊斯發展戀情」、「印地設定成小孩，還要打退妖魔，然後拿掉瓊斯這個角色」等等。

「不要再來了啦！」

對方提的企劃和腳本大綱，淨是一些令人想翻桌的內容。

說真的，我完全搞不清楚那些電影界的人在想什麼。他們和原作的書迷和愛看電影的人，想的事情會不會差太多？至少身為電影痴的我是這麼認為的。

要是改編電影的事沒談成就好囉～我與編輯道別時，心裡這麼想。

我一邊看著路邊商店的櫥窗，悠閒地慢慢晃了一會兒，才去搭電車回家。

抵達鷹之台東車站時，整個街道都染上了黃昏的顏色，白天已經變得好短。

我朝公寓的方向前進，從站前進入住宅區。時間未到人們回家的尖峰時刻，黃昏的住宅區出奇地安靜。許多家裡開始有人準備晚餐，於是在這寂靜的空間中，竟飄著飯菜的香氣。種在庭院裡的鬼箭羽樹葉已經轉紅，在夕陽的照射下彷彿燃燒了起來，眼前的景致讓我不禁佇立良久。

這時候，我不經意地往上看，便看見一隻貓蜷著身子，蹲在前面房屋大門的門柱上。

「沒看過這隻貓呢。」

我很少在這個住宅區看見貓，至今頂多看過一、兩隻吧。門柱上那隻貓的毛色，和之前看過的貓都不同。應該算是虎斑貓吧？底色比較淡，卻有著美麗的老虎紋路。身型大概只比我兩手捧起來再大一些，看來還是隻幼貓。

那間屋子似乎是空屋，若不是那家的貓，難道會是迷路的小貓？不，也可能只是不知從哪跑來的野貓。只見牠縮起四肢，直直地望向道路的彼端。

我走到牠身旁時，

「喵。」

牠便叫了一聲。接下來，小貓突然跳了起來，睜大眼睛直挺挺地站著看我。

下一秒，

「咪啊啊啊啊啊啊～」

只見牠一邊發出聲音，一邊從門柱上跳下，來到我的腳邊阻擋了我的去路。牠彷彿在向我討抱，竟然站起身趴上了我的腿。

「哈哈哈哈，你還真黏人啊。」

我把小貓抱了起來，小貓從喉嚨發出好大的呼嚕聲，還把臉直往我胸口磨蹭。

「這樣啊，你很寂寞啊。你是不是走丟啦？主人在哪裡啊？」

小貓一直叫，一邊舔我的臉，兩手還弄皺我的衣服，好像在說「我喜歡你，最愛你了，不要離開我」。

「好啦、好啦，你是不是肚子餓啦？請琉璃子做點什麼給你吃吧。加了柴魚片的馬鈴薯，或是小魚炒竹輪之類的。唉呀，感覺就很好吃。」

於是，我決定帶小貓回公寓。

（先餵牠吃點東西，然後拍張照，做張「尋獲走失貓咪」的海報吧。）

我邊想著這些，進了公寓的門。

這時候，小貓的身體突然發出光芒。

「嗯？」

「請問……主人。」

富爾出現在我的肩上。小貓立刻伸手逗弄，富爾則一邊閃躲，一邊說：

「主人，這隻貓並不是活著的生物……您應該知道吧？」

「咦？」

我忍不住大叫了一聲。只見富爾嘆了一口好長的氣。

「唉～～～您果然不知道啊。」

「所以……這隻是幽靈？還是妖怪？」

「這隻小貓已經死了，現在的樣子，就是幽靈的狀態了。」

「可、可是我很清楚看見牠的模樣，還摸得到牠耶？」

「這倒是很常見，小圓大人也是這樣的。」

「是、是沒錯啦……只是……」

「其中一個原因，是這隻小貓並不知道自己已經死了。牠以前很有可能是養在那間空屋的家貓，然後也死在那個家中。因為沒察覺到自己已經死了，就一直逗留在那個地方。」

於是，儘管飼主都不在了，小貓還是繼續留在那裡。

「原來，以前有人那麼疼你啊……所以大家都不在了，覺得很孤單吧……」

只見牠睜著圓圓的大眼看著富爾，似乎很感興趣。牠的臉長得很可愛，看起來像女孩子。

「看來，這隻小貓待在那個地方已經很長的時間了。主人你也經過那裡好多次了呢。」

「可是，之前我都看不到……」

「是的。然而此刻天時、地利、人和，所以您今天開始就看得到牠了。」

例如我的靈能力已經提升、小貓的心情，以及黃昏這個巧妙的時間點等等。

所以說，今天我會「撿到」這隻小貓，也是命運的安排？

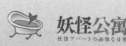

這就表示我們很「有緣」。

小貓用大大的金褐色圓眼睛看著我，伸出爪子死命巴著我的衣服，喉嚨還不斷發出呼嚕聲。不知道牠為了等主人回家，孤伶伶地在門柱上坐了多久，才會像現在這樣看到人就黏了上來。

「無論是什麼原因，現在已經沒辦法再丟下牠了。」

妖怪公寓本身已經證明了，無論是幽靈或妖怪，都不是重點。既然這隻小貓沒被公寓的結界擋在門外，表示牠並不是邪物。如今多一個夥伴，我想對妖怪公寓來說應該沒什麼差別。

我抱著小貓走向玄關。

進玄關之前，我抬頭看著公寓。

「歡迎來到妖怪公寓，從今天開始，這就是你的家。你不必再孤伶伶地自己待在那個地方了。」

我輕輕摸著小貓，牠也瞇起眼睛，喉嚨發出呼嚕呼嚕的聲音。

「我回來了。」

詩人在客廳裡。

「你回來啦，夕士。咦？」

「我在附近撿到的。」

我搔了搔頭說。

「是隻貓啊！」

詩人瞇起眼睛，小貓立刻撲了上去。

「哈哈哈，這孩子真黏人啊。」

小貓發出「快跟我玩」攻勢，讓詩人大笑起來。詩人故意把看到一半的報紙弄綯，發出沙沙沙的聲響，小貓便搖著屁股蓄勢待發，瞄準報紙衝了上去。

「琉璃子小姐，可以請妳做點東西給牠吃嗎？」

我開口拜託在廚房準備晚餐的琉璃子，她也用纖細的白皙手指比了「ＯＫ」手勢回應。

這時，詩人把報紙揉成球狀，讓紙球滾了出去。小貓追著紙球，在客廳演起「追趕跑跳碰」的戲碼。

「哈哈哈哈，好有精神啊～不錯不錯～」

「牠還是少女吧。」

「是女生啊？難怪臉長得那麼可愛。你想好名字了嗎？」

「不，還沒。一色先生，這孩子可是幽靈呢。」

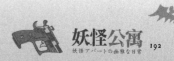

「看來也是啊。」

詩人表現得很淡定。

「在妖怪公寓，這根本不是重點。」

「……說的也是啊。」

詩人和我談話的時候，小貓追著報紙球，答答答答、答答答答到處跑，輕盈的腳步聲，聽了好舒服，感覺心也跟著輕盈了。我想，小貓一定玩得很開心吧。

琉璃子小姐替小貓準備了晚餐，是切碎的滷竹輪乾。小貓立刻奔了過來，大快朵頤了起來。牠的樣子真的好可愛，我和詩人邊看邊笑；琉璃子小姐似乎也非常開心，只見小貓身旁有對手指扭個不停。

「一色先生，你就當牠的命名父母吧。」

「這個嘛……牠很黏人，就叫『小黏』如何？」

「小黏?!」

小圓和小白當時也是這樣，以文學作家來說，這樣的命名方式實在太過簡單，但「小黏」還不錯，聽起來很可愛。

「小黏。從今天開始，你就是小黏啦。」

聽我這麼說，小黏伸出舌頭舔來舔去，邊抬起頭看著我，然後彷彿聽懂似的發出「喵」的一聲。

「啊，是貓耶！」

秋音回來了。

看著秋音很高興地靠過來的樣子，小黏立刻發動「陪我玩！」攻勢。小黏真的一點也不怕生，感覺只要有人陪牠玩，牠就開心得不得了。看來，牠真的孤單了好長一段時間。

「啊，這孩子是那間空屋門柱上的貓咪吧？」

不愧是秋音，看來她早就知道小黏的存在了。之所以會視而不見，是因為到了她那樣的靈力等級，看到什麼就有所反應的話也太累了。

「是喔，原來是夕士你撿回來的啊。」

秋音和小黏鼻子碰鼻子玩著時，突然有感而發說了這一句。

「這樣，是不是不太好？」

「不會啦，沒關係的。就算多了一隻貓的幽靈，公寓也沒什麼差別。可是，因為之前沒把牠撿回來，所以覺得這樣滿好的。」

就算看到附近有妖物，秋音也不一定會有所動作。雖然不能算是約定俗成，但幽靈也好、妖怪也好，不管那個靈魂多麼悲傷，多麼需要救贖，魔法師基本上都會視而不見。因為，如果每看到一次都要插手去管，身體一定會吃不消的。再說，我知道對魔法師來說，會牽連在一起需要的是「緣分」。

「這樣啊～你叫小黏啊～幸好你和夕士很有緣分呢～你再也不會寂寞囉～這裡有好多人可以陪你玩喔～」

秋音寵著小黏的模樣，看起來真的很開心。

「啊！有貓咪！」

接著回家的是舊書商和佐藤先生。

「哇～我要抱抱、我要抱抱～」

妖怪公寓的客廳，突然間熱鬧了起來。大家爭先恐後地抱牠、搶著和牠玩，小黏精神飽滿地在大夥兒之間橫衝直撞、咬東咬西，大玩特玩。

「好痛痛痛痛！」

「咬腳趾也太犯規了吧！」

「哈哈哈哈哈！」

「呵呵呵呵！」

興奮的小黏得意忘形地在舊書商和佐藤先生身上亂抓亂咬一通，看著兩人無奈的樣子，我和詩人、秋音都忍不住大笑。琉璃子也從廚房看著客廳的情況，開心不已。

晚餐時刻到了。我們在食堂吃著琉璃子做的超好吃料理時，小黏也在大家的腳邊蹭著，又舔又咬，還到處亂爬，累了就在地上躺成大字型，不然就是討抱，超級忙碌。大家嘴巴吃著飯，眼睛卻都一直看著小黏，笑容和談天從沒停歇。

第一天，小黏大概玩累了，大家吃完晚餐，牠已經進入夢鄉，就算從脖子把牠抓起來，牠也沒醒。

「要讓牠睡夕士房間嗎？」

「嗯，應該就是這樣吧～畢竟是他撿回來的。」

對於舊書商的不滿，詩人笑著回答。

「你好好訓練牠，讓牠到哪個房間都可以睡啊，夕士。」

我沒想到舊書商這麼喜歡貓。

「我先幫牠準備一張床吧。」

秋音說完，便拿了一個箱子和羊毛絨的披毯過來。她把披毯鋪在箱底，讓小黏睡在裡面。

「抱歉啊，秋音，還用了妳的披毯。」

「百圓商店買的，不必在意啦。」

小圓安穩地睡在披毯裡。沒想到，小貓的睡姿和睡臉，居然可愛得那麼致命，我們所有的人都招架不住了。

客廳好不容易安靜下來，我索性在這小酌一番。

儘管變得很安靜，但整個客廳讓人心頭暖呼呼的，充滿著輕快、愉悅的空氣。小黏在我身旁的箱子裡睡著，不過牠的存在對於妖怪公寓大夥兒而言，已占有一席之地。

原來，差別竟然會這麼大。

雖然小黏不是活生生的小貓，但我們都覺得牠可愛到不行，自然而然地疼愛著牠。就像對小圓一樣。

牠只是待在這裡，卻讓氣氛這麼不同。因為經歷過公寓之前的寂靜，更能深切地感受這之間的差異。

充斥在客廳暖呼呼的空氣，就是大家對於明天起，可以和小黏一起生活的期待心情。

而小黏，就這樣一覺到天亮。

看來小黏也終於得到安穩了。

隔天早上我起床時，小黏不在我枕邊的箱子裡。

我原本著急了一下，後來發現小黏爬上了書桌，從窗子往外看著庭院。牠把一半的臉埋進窗簾，模樣非常可愛，在朝陽的照耀下，牠的毛閃著金光，讓我看得目不轉睛。

「小黏。」

我一叫牠，牠的身體突然抖了一下，隨即朝我這裡看過來。

「咪啊！」

小黏從書桌朝我飛奔過來。

「你乖乖睡了一頓好覺吧～好乖好乖～」

我用臉頰磨蹭著發出呼嚕聲的小黏。啊！我居然和長谷做了一樣的動作。

要是長谷來了，一定會嚇一大跳吧。真期待。

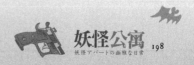

我抱著小黏走下樓來到食堂，結果大家早就等在那裡了。

「唉呀～這就是小黏啊！呀！」

麻里子小姐芳心大悅。

「小黏～早安！」

「小黏～有沒有乖乖睡覺覺啊～」

「小黏～琉璃子姊姊幫你做了好好吃的飯飯喔～」

所有人似乎瞬間變成了剛抱孫子的爺爺奶奶。

「哈、哈、哈、哈！」

聽著我描述的情況，龍先生大笑起來。

久久回公寓一次的這位黑魔道士，小黏也毫不客氣地撥弄他的長髮，而龍先生也隨興地逗著小貓，一邊在秋陽高照的緣廊上享用咖啡。

妖怪公寓的庭院裡，樹木的葉子幾乎全掉光，秋意更濃了。不過，陽光也因此更充足，把眼前的一切都染上了動人的蜜糖色。在這片光明之中，偶爾能看見某些閃爍發亮的東西在空中飛舞，像浮游生物一般，微微在空氣中顫動，舒舒服服地在光芒中漂浮著。

「當初啊，小茜對我說要讓小圓小白成佛歸天的時候，一時之間我也很猶豫，覺得十年後再做也可以吧。可是……其實結果是一樣的。」

我點頭表示同意。不管是十年後，還是二十年後，都一樣捨不得。

「雖然讓小圓小白成佛歸天，無疑是正確、而且可喜可賀的事，但這樣小圓和小白會消失，肯定帶來失落感……我當時認為，這應該會對妖怪公寓造成很大的影響。」

「尤其是長谷。」

我補了這麼一句，讓龍先生「噗」一聲噴笑出來。

「不管怎麼說，小圓和小白，都是和我們一起幸福生活的家人。小圓和小白接收到的幸福，和妖怪公寓大夥兒的幸福是成正比的，然而，卻還是要面臨失去他們的這天。雖然大家都是成人了，無論多麼悲傷寂寞，都能理解這才是大愛。可是……」

「是啊……」

可是，畫家不在之後，妖怪公寓已經起了很大的變化；如今小圓和小白又要離開，這下又要面臨更大的改變。

「沒有什麼不會隨著時間改變，就連妖怪公寓也不例外，這點大家都很清楚。可是……」

龍先生又重複了同樣的話。

可是。

可是……

儘管道理我們都懂。

捨不得就是捨不得。

傷心就是傷心。

這樣的心情，無比珍貴。

院子裡的花草，被秋日的陽光照得閃閃發亮。雖然美，卻多了幾分秋天的寂寥。

龍先生的烏黑長髮，還有在他手中小黏的毛色，都閃著蜜糖色的金光。

「雖然牠絕不能取代小圓，但對大家來說，牠的存在則像小圓一樣惹人憐愛。小圓和小白不在之後，大家應該更懂得感恩，更清楚知道這樣的存在有多重要。或許，就是這個想法更加強烈的關係……才能暫時把理性擱在一邊，看著眼前的小貓吵著要陪玩，誰也抵抗不了。」

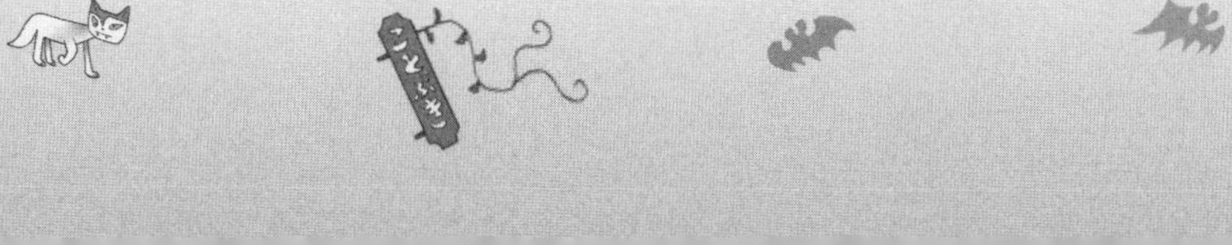

龍先生瞇起眼睛，溫柔地撫摸著小黏的頭。

小黏安穩地坐在龍先生的臂彎，抬起頭直盯著他看，突然之間，小黏瞄準龍先生的下巴，一口咬了下去（看來牠休息一陣子之後，體力已經恢復了）。

「好痛！」

「唉呀，真抱歉！」

然後，小黏開始在龍先生的背上爬來爬去，還叼起他的黑髮甩了又甩。接著，牠把爪子伸向龍先生的背。

「痛痛痛痛！」

「對不起、對不起！好了，小黏，不可以！」

詩人從客廳入口處看著我們，有感而發地說：

「之前冷清了一陣子啦～多虧了小黏，又熱鬧多啦。這就很像那個吧，只要有小貓或小狗到家裡來，老年人就會跟著打起精神的那種故事吧。」

聽了詩人的話，我和龍先生都笑了出來。

「確實很像。」

「你說得一點也沒錯啊，一色先生！」

我和詩人幫龍先生把打結的頭髮弄開時，一直笑個不停，而龍先生雖然很痛，但也跟著我們一起笑。

隔一週之後，長谷終於有時間休假，便來到公寓。

只見小黏衝向長谷，又抓又咬，狠狠地大鬧了一場。而長谷拖著勞累的身體，和小黏鬥得手腳都是傷也樂此不疲。結束之後，我們去泡溫泉。

「啊——好爽啊！」

長谷大喊一聲，然後看著我說。

「來妖怪公寓的樂趣又多了一個。謝啦，稻葉。」

長谷總是在需要療癒的時候到妖怪公寓來，這個空間能讓他暫時擺脫工作，有溫泉、更有琉璃子的超美味料理。不過，「一直都在的小圓和小白」已經不在了，和祐樹和大樹見面的機會也不多，我想，他不覺得孤單才奇怪吧。

小黏不能取代小圓和小白，但卻一樣惹人憐愛。我希望小黏對長谷而言，會是新的「一直都在的療癒型角色」。

「人生不是只有忙工作啊，社長大人。」

我拐了個彎，暗示他常到公寓來走走。

「你說的對，我會好好反省。」

長谷笑著說。他的笑容很棒。

那天晚上，我們難得睡在一起，而小黏就夾在我們中間。

小黏在我和長谷中間四腳朝天睡著了，我們兩個盯著牠可愛的模樣看了好久好久。

大家都發現，沒有了畫家、小圓和小白，妖怪公寓變得有點寂寥。然而小黏來了以後，氣氛又活絡起來，這也是大家所樂見的。

小黏可愛的模樣、精神百倍的模樣，一定會讓大家想起小圓和小白。不過從大家爭先恐後地和小黏玩的樣子看來，我認為那份想念已經昇華成另一種能量，成為自己的活力來源。

一邊懷念著小圓和小白，一邊和小黏相處，會讓這份情感隨著時間有所改變，而回憶則留在過去。每一次新的情感和過往回憶交錯，就有一些老舊的東西被整理進心靈的抽屜裡。這樣一來，當完全沒有留戀的時候，人就能繼續往前走。

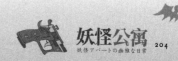

妖怪公寓，會變得像以前一樣熱鬧。

同時，也會展開和以前不同的全新生活。

隨著歲月流轉，回憶也漸漸積累豐盈。

最後，總有一天……

會有一個年輕小夥子，像當年的我一樣受到了某種牽引，穿過那道門，進入這棟公寓……

如此這般，妖怪公寓才會生生不息。

如此這般，妖怪公寓經歷著各種春去秋來的更迭。

到時候，我應該也會以妖怪公寓裡「大人」的身分，和「那個孩子」以誠相待。

我已經開始期待那一天的到來了。

後記

系列完結已經四年啦……也有好一陣子了呢。

《妖怪公寓》系列，已經完結得很徹底。龍先生對夕士說過：「你會怎麼背負著自己選擇的命運，其實我一直在觀察哦。」而我已經把他所「觀察」到的後續交代清楚了，也就是夕士未來的樣子。他去環遊世界，還有回國之後的發展等等，透過這個外傳，我描述了「其中一種」結果。

夕士背負著自己選擇的命運，並且努力讓人生開花結果。

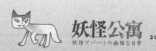

所以，「妖怪公寓」系列本身就此完結。番外篇的材料倒是不少，但我倒沒想過要寫出來，然而會有這個外傳……是起因於一個玩笑。我對編輯說：「我想了妖怪公寓的番外篇，其中一個是夕士去賭城的故事喔～」結果編輯回我：「所以您願意寫囉？」「要寫的話，得去賭城採訪才可以啊～哈哈哈。」我開玩笑地說了之後……沒想到編輯認真地回答：「好，那我們就去賭城採訪吧！」所以事情就變成這樣……真是可怕的講談社。去國外旅行多麻煩啊，而且也不確定自己的身體受不受得了……儘管事前我又意見一堆，幸好旅行順利平安，而且帶回來的材料，讓拉斯維加斯外傳更精采可期。

後半的故事，就是所謂的「收尾」啦。

在妖怪公寓第十集裡稍微提到，這些人物後續的發展，我有更詳細的描述；還有沒提到的「小希」等遺珠之憾，也都一併補上。其實還有很多可以寫，只是會太過於細碎，真的寫出來的話，會讓故事結構走樣，例如香川復健的狀況，還有小夏失蹤的原因等等。

還有，「小黏」這條線，我大概是和拉斯維加斯外傳差不多時間想到的。

畫家和小圓小白離開公寓之後，連我都覺得太孤單寂寞，一直想著有沒有什麼辦法讓氣氛再次快樂起來，於是，就有了這個妖怪公寓「復活」的故事。

小黏代替了小圓小白的位置，夕士代替了畫家的位置，妖怪公寓就這樣前仆後繼，等待著新的成員加入。

至於之後的故事，就由各位讀者自由創造囉。

香月日輪

國家圖書館出版品預行編目資料

妖怪公寓：拉斯維加斯外傳 / 香月日輪 著；蔡君平 譯. -- 初版. -- 臺北市：皇冠, 2008.07 面；公分. --（皇冠叢書；第4520種）(YA！；53)

譯自：妖怪アパートの幽雅な日常：ラスベガス外伝

ISBN 978-957-33-3204-6（平裝）

861.57 104027050

皇冠叢書第4520種

YA！053

妖怪公寓 拉斯維加斯外傳

妖怪アパートの幽雅な日常 ラスベガス外伝

作　　者—香月日輪
插　　畫—佐藤三千彥
譯　　者—蔡君平
發 行 人—平雲
出版發行—皇冠文化出版有限公司
台北市敦化北路120巷50號
電話◎02-27168888
郵撥帳號◎15261516號
皇冠出版社(香港)有限公司
香港上環文咸東街50號寶恒商業中心
23樓2301-3室
電話◎2529-1778　傳真◎2527-0904
總 編 輯—龔橞甄
責任編輯—蔡維鋼
美術設計—王瓊瑤
著作完成日期—2013年
初版一刷日期—2016年1月
法律顧問—王惠光律師

讀者服務傳真專線◎02-27150507
電腦編號◎515053
ISBN◎978-957-33-3204-6
Printed in Taiwan
本書特價◎新台幣199元/港幣66元